ZUN

ZUMBI
ASSOMBRA QUEM?

Allan da Rosa

ILUSTRAÇÕES Edson Ikê

*Dedico a Daruê Zuhri Samuel da Rosa, que me ensina a ler.
Estrela é brincar contigo.*

*E às Quebradas: farpas, fonte e futuro de tudo.
Minha dádiva de nascença. Minha responsa de compreender.*

OS PÉS, OS PULSOS

Foi passar por Dona Janice, que capinava o quintal com sua enxada, pro menino Candê pensar num morto-vivo com enxada varada no corpo e pendurada na barriga, um ser mocorongo que vagasse tropeçando. Candê chega logo em casa e no fundo do quintal seu Tio Prabin costura meias. O menino já imagina então pro morto-vivo uma cara se descosturando numa linha que atravessa da testa até o queixo, cheia de buracos por onde brotam bolotinhas de caca amarelada. Tio Prabin segurar a agulha entre os dentes já basta pra Candê pensar um praga com dentes pontudos e espinhos saltados no pescoço. Lembrou de quem tem boca-de-espinho, sempre espetando com o que diz. E do porco-espinho, bicho que revida até depois de morto, sabido que se a onça consegue matá-lo mesmo todo ouriçado e entocado, ele ainda deixa no corpo felino um agulhão cravado que vai perfurando a carne e afundando um tiquinho por dia até ser fundura de matar.

    Candê traz uma pergunta assustada, pronta pra vazar do céu da boca onde se agarrou:

– Sabe qual é o nome de morto-vivo, Tio? É Zumbi!

A ansiedade pula-pula e nos dentes do menino a resposta já mastiga a pergunta. Mas Tio Prabin, cuidando dos panos dos pés, diz que o Zumbi que conhecia era o rei do quilombo de Palmares. Mostra os dedos pelos buracos das meias.

— Pense pés que descem e sobem ribanceiras, desviam de touceiras de farpas, chutam pedras, escalam rochas e saltam buracos buscando o refúgio do Quilombo. E depois atravessam a serra, indo de mocambo a mocambo, de Dembraganga a Quiloange, de Engana-Culumin até o povo de Acotirene. Eram vários mocambos.

— De quê o senhor falou, tio? Acotirene?

— É. Acotirene lembra o nome da tua vó, né? Da Dona Cota Irene. Mas esses eram só alguns dos povoados de Palmares e ainda tinha mais um bocado. Zumbi era rei e um dos que traziam alimento pras casas. Caçador nas matas dos mocambos, silencioso como uma pena flutuando sem vento, mas que sabia assoviar como passarinho pra chamar os bichos de pena. E também sabia sussurrar.

Candê pensou numa chave de som. Ela não era sequer a palavra e sim o timbre. Pois a finura da voz ou o ronco da garganta é que abriria as portas.

— Quando ele precisava sussurrar, Tio Prabin?

— Quando cantar já não era mais suficiente...

Prabin costurava a lembrança e ensinava sorrindo. Candê na simpatia dos seus lábios já encontrava uma canção. Pensou se era por isso que Prabin nunca gritava...

— O caçador também encontrava as folhas pras feridas, fazia arapucas, protegia as hortas e as cabras dos macacos e das onças. Era bamba no sustento e na defesa. Trazia a caça ainda quente que despedaçava e oferecia ou trocava com os quilombolas. Cintilavam seus brincos e colares, enquanto ele conferia e arrumava suas flechas de ponta de pedra e de osso.

O tio dizia do quilombo entocado nas serras, dos esconderijos que mudavam de lugar e Candê sentia o cheiro das trilhas, o estreito das cavernas subterrâneas, os ares da subida pra serra, o maciço dos muros de árvore e a caída das valas. Para ali levaria sua toalha mais grossa ou sua pele ia criar couro duro na sola e nos braços pra não se arranhar? Pensou na Ladeira do Sabão, aquela da volta da feira com o peso da sacolona dividido com a mãe, pisando devagar e atento pra não desbarrancar. E lem-

brou do acampamento que foi com o tio, dos tantos escorrêgos que tomou entre a montanha e a praia. Descer não é ainda mais difícil que subir?

Tio Prabin continua:

– Zumbi era linha de frente de Palmares. O quilombo tinha a felicidade guerreira da liberdade, da pele lambida pelas estrelas, mas vivia na febre. A tensão da invasão dos bandeirantes. Os quilombolas sabiam que ocupavam o que esteve à sua espera: a terra, a serra habitada pelas forças grandes e miudinhas que aguardavam quem se desembaraçasse das correntes e chegasse para conviver com ela.

Prabin amarra os pulsos com muita linha de costura e mostra que com um puxão não se arregaça essas algemas de fio, mas com calma e inteligência vai se desvencilhando pouco a pouco da prisão. Com os braços marcados e soltos ele continua.

– Candê, lá havia calma sim, mas também um nervosismo em cada dia. Não era essa tensão, essa paranoia dos apresentadores raivosos da tevê que esbugalham as vistas, roucos de tanto esbravejar de manhã, de tarde e de noite, só bufando crime, crime e crime. Não. Era a tensão do quilombo, atacado todo ano durante um século.

Candê lembrou dos programas que a vó assistia balançando as sobrancelhas, cozinhando ou jogando damas com ela mesma. Assistia até vendendo perfumes, a Dona Cota Irene, grande negociante que sabia dos caminhos dos cheiros, das essências e dos cheiros e dos seus poderes de atração. Aquelas matérias berradas do jornal com os helicópteros armados sobrevoando sua vila, ela usava até de assunto na venda com as clientes dos frascos de perfume.

Que saudade da vó...

– Não, Tio Prabin. Zumbi é assombração vagando medonha. Tem escamas e olhos de peixe asfixiado.

– Eita, Candê. O Zumbi que reconheço, não.

– E como ele era de corpo, então?

– Isso amanhã te digo. Por hoje, tenho que preparar o almoço pra gente, antes de ir trabalhar. Vem, Candê.

O TETO DO TEMPLO

É noite e Prabin chega de seu serviço na rua. Friaca brava e no corredor o vento embala o rapaz pra dentro da casa: – "Entra, homem. Quero desenrolar e assim vou te resfriar. Abra caminho". As tranças soltas de Prabin rebuliçam com o golpe de vento e vem também o aroma das plantas que envergam em seus vasos. O moço entra rápido na cozinha baforando um vapor branco, nuvem que se dissipa antes de chegar no teto. Dá um belisquinho no braço da mãe de Candê e com o moleque tira um campeonato de bafo branco, são seus jogos de inverno. A juíza é Samanta, que decreta a vitória da sopa de abóbora fumegante nos tachos.

Samanta. Em casa e na vila era só Manta. A "Manta de Dona Cota" como diziam na rua desenhando a linhagem da família. Seu cabelo era a lua cheia. Cheia cheia. Algumas vezes o menino se surpreendia sorrindo, beicinhos abertos pra aura que a mãe emanava. Chegava a ver estrelas dentro do cabelo dela, feito a noite negra, potente, formosa. Naquele dia, ela pôs uma faixa amarela que começava no alto da testa e, noutra vez, ajeitou um turbante ensinando que aquele torso na cuca havia guardado muitos segredos de avós e bisavós, algumas sementes e facas, mas que naquele dia guardava apenas a sua beleza. Manta conhecia vários nós e combinações. Candê adorava o amarelo, pedia pra mãe colocar e Tio Prabin reforçava o pedido. A torcida em côro chamava o turbante amarelo e a mãe não resistia, enrolava o pano bem-querido que ela também admirava, numa amarração quase sempre diferente.

Mês passado, Manta havia cultivado birotinhos no cabelo. Enrolava bolinhas, a cabeça ficou cheia delas. Agora, perguntava ao menino se ela ficaria mais bela com o cabelo vermelho, roxo ou vinho. E ele votava na cor do peito do sabiá laranjeira que vinha bicar as sementes de mamão que deixavam na mureta do quintal.

Já com Tio Prabin, Candê aprendeu a deixar o garfo de madeira encaixado no cabelo. Era um tridente que penteava e massageava gostoso seu cucuruto. Candê adorava girar a cabeça e até plantar bananeira com o pente ali, preso no cabelo forte.

Servida a sopa de abóbora nas gamelas de cedro rosa, enxergavam seus rostos entre a fumaça. O coentro e as colheradas pelas beiradas morninhas lembravam a vó, mas a nostalgia sorridente de cada um era diferente.

Tio Prabin recordava as receitas de cozidos na moranga que gravou de Dona Cota Irene e transcreveu uma por uma num caderninho de capa engordurada. Manta passou a mão pelo avental costurado por sua falecida mãe e lembrou o cafezinho que sempre tomavam juntas após o almoço. E Candê se mexia na cadeira ouvindo a voz da vó que apostava acabar sua cumbuca de sopa antes dele, mesmo tomando com garfo. Ela desafiava e vencia, esperando o prêmio, o banho de beijo.

Na escola de Candê formaram roda. Molecada pirilampa nos jogos de rastejar, de pegar pedaço de pano voador com a boca e de cair igual gelatina. Candê se achegou na roda com a pura sede de brincar, mas foram duas as lideranças que lhe negaram passagem e presença, unidas no escracho. O que tinham de graça tinham também de crueldade. Crianças.

– Você não! – os pequeninos Germano e Nívea com a língua arranharam sem dó – Sai daqui, Candê sujo, cabelo de Zumbi!

O motivo do esculacho era crespo e tinha cheiro de mel e de babosa do quintal. Candê ainda sentia os dedos de Manta lavando sua cabeça, mas o cabelo dele não rimava com o que as outras crianças aprenderam que fosse beleza. Sua natureza era de crescença pra cima, no rumo das estrelas e da lua. As madeixas de Germano também eram grandes, porém lisas e cresciam para baixo, namoravam o imã da terra. As de Nívea eram do time de Candê, mas sempre presas, bem puxadas e apertadas como as de outras crianças que não se manifestaram com medo de serem espirradas da roda. Donas de fios que sempre ouviram que era porqueira e defeito, assim como o crespo de Candê que crescia redondo.

Sozinho ele mordeu e engoliu crua a humilhação. As professoras, todas também com sua beleza alisada pra sustentar as vergonhas da cabeça, não acharam muita importância no desacerto. Apenas ordenaram berrando:

– É pra deixar Candê brincar, sim! – E entre si as adultas falaram em domar sempre tudo que parecesse pra elas natureza selvagem.

Germano, que dirigia a roda, ainda cantarolava baixinho enfeitando com melodias a sua malícia:

– Candê, sai daqui. Cabelo de zumbi. Candê, sai daqui. Cabelo de Zumbi.

Entrado na roda, Candê sentiu um palito de fósforo descendo na garganta e queimando no estômago. Suas mãos pareciam não caber mais nos bolsos.

No outro dia, já em fase amiguinha, Nívea lhe ensinou de novo o horripilante que era um zumbi enquanto seguravam os copos pra receber o suco da refeição. Amuado, a mão de Candê fraquejou e ele deixou derrubar, manchando a camiseta da menina.

O BARBANTE

– Onde você tem um barbante, Candê?
– Na gaveta pra amarrar minha coleção de figurinhas, tio.
– Mas onde você tem um barbante dentro de si? Eu, quando era criança, tinha um barbante no suvaco. Ali eu pendurava o que achava de bacana na rua. Agora nunca lembro se eu que prendi ele ali ou se ele vinha de dentro mesmo... Pelo que vejo, você tem um barbante aqui nos cílios. Vários barbantinhos. É onde pendura o que traz da rua ou o que firula no sono?

O menino se concentrou, mexeu as pálpebras pra cima e pros lados, tentou encostar neles de levezinho a vista, mas não conseguia rever nos cílios o que conhecia do espelho e nem derrubar nada deles, nenhum sonho e nenhuma esquina, mesmo piscando muito forte. Prabin manja a intenção do menino. Conhecia o guri desde que ele era uma bolinha enrugada, uma uva passa que Prabin balançava nas palmas em concha para fazer nanar.

– Além de guardar os teus segredos na sacola das pálpebras e até nos labirintos da orelha, você pode usar os cílios como varal, Candê. Em cada cílio tu deixa estendida uma ideia.
– Uma roupa pro pensamento?
– Isso. Uma ideia que veste um gesto teu ou uma vontade.
– Certo, obrigado.
– De nada. E olha: se respirar bem forte, de tão pertinho do nariz você vê a cor do cheiro da ideia.

– Puxar o ar bem forte?
– É.
– Mas e se eu chorar? Vai encharcar tudo.
– Não se preocupe. Depois vem o sol das tuas ideias de novo. Na esperança se evapora. Mas deixa bem esticado o barbante, tá?
– Pra não cair a roupa?
– Hummm, não. Ele aguenta todas as vestimentas da tua imaginação. É pra Zumbi vir dançar. Ele baila na linha no teu varal.

Candê despediu e zanzou pelo bairro, até se apertar pra descarregar todo o caldo das frutas que chupava pelo caminho dos terrenos baldios. Esvaziaria com imenso prazer a bexiga nas moitas, escuitando com uma orelha os passos dos mercenários que vem ao encalço do quilombo. E com a outra ouviria o descer da água pelas plantas, seu xixi empoçando e respingando com barro suas unhas do dedão. Sua água de fruta com sal.

O menino ia sorrindo, equilibrando no alto dos muros, contando as centenas de degraus dos escadões da vila, pensando em güentar o peso daquele homem nos riscos do olho e na beleza que seria ver de pertinho ele dançando (Candê nem se percebia torcendo o corpo, rodando os braços, bailando também), mas lhe arrombou a cuca uma foiçada: se zumbi é morto-vivo, pensou no cadáver fedorento e despedaçado que viria capengando pra encostar nos seus olhos e encher sua vista de gosma e poeira. Capaz de deixá-lo cego, aquele morto-vivo!

E Candê azedou uma boca de careta, parecidíssima com a de Germano, e seguiu atento aos varais do caminho. Em todos havia vento e pano colorido. Apenas em um barbante um papagaio dava voltas e piruetas com suas penas verdes azuladas.

O QUE INCENDEIA E ACARICIA

Na escola de Candê chegou o conjunto esperado há semanas. Eram um trio de pesquisadores arteiros. Músicos que tocavam suas congas, atabaques e cuícas. Descarregaram uma caminhonete e encarreiraram as parelhas de tambor pra descer a mão no couro e arribar o ritmo na ingoma. Transbordando prazer soltavam quadrinhas rimadas pra criançada que sentou no chão ou subiu pra bailar. Tambor comia e versos batucados contavam histórias dos bairros, casórios de bichos e mandavam adivinhas pros miúdos.

O que é, o que é...

Mas Alvinho do Sagrado Coração, garoto doce e generoso, levantou sua revolta, seu pânico e fechou a mão no ar com um grito agudo como as mil lanças do portão de sua casa e os cacos de vidro do alto de seus muros. Uivou que aquela função toda era coisa ruim e fedida do demônio. Tanto girou, chutou tambor e esmurrou o tocador mais velho que brecaram o batuque. Uma roda, que se desenhava pra cada criança improvisar seu jogo de corpo no centro, se desfez...

Alvinho garantiu que aquela bandalheira era coisa de espírito capenga e de assombração, só prestava pra chamar zumbi e maldade pesada. À noite em sua casa, rapando o prato de janta, Alvinho denunciou aquela heresia para papai e mamãe. Orgulhoso do seu proceder, o pequerrucho ganhou afagos e louvores

mais a promessa que eles iriam à escola reclamar. Acharam necessário purificar os cantinhos do pátio contaminado de perigo, tocado pelo mal.

Depois, a poucos passos de Candê virar a esquina de casa, um rabinho de lagartixa se espiralava na calçada, se esticava e revirava no chão. O moleque lembrou o corpo dos dançarinos do batuque e até as mãos dos mestres da percussão. Também lembrou as caretas e berros de Alvinho. Ainda na calçada, Candê saltou um bueiro aberto onde já havia entrado pra buscar bola. Que bafo subia daquela boca de cimento... devia ser assim o hálito dos tubarões que já davam um tapão nas suas vítimas peixinhas só com seu bafo de carne podre entre as três fieiras de dentes. E na lembrança de Candê, feito a quilha de um tubarão riscando a água, deslizou a baba de Alvinho apontando que fedor também era coisa de zumbi.

Candê encontrou Prabin de novo costurando, o tio dava pontos em uma calça e arrumava medidas de blusas. Pairava no quartinho uma fumaça cheirosa e a brasa vermelha da ponta de um incenso observava os rumos da agulha. A brasa sonhava-se lindeza na madrugada, com sua família num vestido pontilhado de mil luzinhas, guia de caminho costurada por Prabin.

– Acendi em homenagem ao dia e aos mais antigos, Candê. Você gosta? É defumador de alecrim...

Um fio de fumaça fez seus volteios e se disfarçou de bigode na face do tio. Prabin ensinou que no centro do quilombo sempre se repunha a lenha pro fogo não se acabar, com a fumaça escrevendo seus cheiros no ar. E também nas casas a brasa era a flor que cultivavam. Apenas quando se trocava de rei apagavam a fogueira, mas pra já iniciar outra. E quando viria outro sobá, outro ganga? Com o rei morto, como faziam? Novo rei surgia e era coroado com música e Poesia, com o sangue dos animais que lhe inspiram e guiam, com as flores e sementes fortes e até com as cinzas da fogueira anterior, se o rei de antes fosse justo e seu tempo tivesse sido de fertilidade e fartura.

– Há novas rainhas e reis, mas que ainda não sabem disso, inclusive o Candê, por exemplo.

– Eu?

– Sim, você.

O menino se fez cristal num sorriso.

– E ao redor da fogueira também se aquece e afina o couro dos tambores, Candê.

– Tio, os tambores são pra coisa ruim?

– Candê, atente:

Tambor vem de longe e é o grande mestre. É um nego véio colorindo o peito, é um pintor nos desenhos do corpo. É céu pra asa da rima e é terra pras hortas da dança. É médico que limpa a veia das porqueiras e das coleiras. É do reino animal, porque é de couro. É do vegetal, porque é de pau. É do mineral, se tem tarrachinha de ferro.

Pode ser tambú, candongueiro, ilú, crivador, bumbo, puíta, sopapo, são muitos manos. Família grande benzida. Brinquedo muito sério. Tambor é doutor de suor em rodas e cortejos. Adoça o veneno dos cobras, atiça revides e namora o tempo. Rege as borboletas do amor ainda nas lagartas da raiva.

Cada pedaço de sol da sua chama é um diamante de Chico Rei, uma chibata de João Cândido, um jardim de Tereza de Quariterê, um texto de Lélia Gonzalez.

Como um livro de poesia, tambor é árvore que na mão frutifica, que na raiz da alma gira e no chão da pele anda e floresce. Reinado que prevalece na palma e na sola.

Tambor domina os princípios das rasteiras e o balanço do mar. Tabuleiro de malungos. Pilar e horizonte. Festa e ciência. Incendeia e acaricia. É paliçada e harmonia.

– Compreendeu, Candê?

FUNDAMENTOS ARDIDOS

Prabin pediu a Candê que se sentasse e acendeu uma luminária que ele mesmo havia feito com arame tirado de pneu, como se bolasse um berimbau. Ligou o aparelho de som e escolheu um disquinho de calimba pra retinir. Disse que antigamente pra ter música era só com o tocador e o instrumento vivos ao lado. E pra ter luz era preciso fazer fogo ou esperar relâmpo, sem interruptor e sem radinho. E perguntou a Candê o que era mais forte, a água ou o fogo? O menino disse que a água, que apagava as chamas. Depois desdisse, pensando no fogo que evapora a água. Mas se safou bonito lembrando do álcool, que é água e é fogo.

Prabin apreciou a ginga de pensamento e lembrou outra água que queima.

– Zumbi se queimou com suas lágrimas, Candê. Ouviu uma condessa contar aos parentes, no chá depois da missa, que os de pele preta eram amaldiçoados e traiçoeiros como a noite. Ouviu a condessa contar que ele precisava ser gasto e rasgado até morrer pra se purificar de um mal natural que todos tinham, mas que os negros teriam muito mais e pior. E por isso deviam camelar tanto, desde cedinho até a noite, feitos bichos de carga. Zumbi se viu sequestrado, jogado pra fora de seu nobre ninho e de sua família. Sentiu melancias amarradas nas suas canelas, os calcanhares sem chão e mil pés de ferro pisando em seus calos a cada passo que queria dar.

Candê entendeu direitinho. Lembrou da humilhação na roda da escola e, com a bochecha formigando, lembrou também seu primeiro dia na creche e a alegria de estar solto. Mas o deslumbramento no novo lugar veio com o pavor de nunca mais rever sua mãe, que tinha ido embora sem ele perceber.

– Zumbi se abestou, Candê. Quando deu conta que eram pessoas escravizando pessoas, vendendo pessoas. Que sua pele e sua língua também eram a justificativa pra essa sanguessuga. Então cegou de raiva e de carência de entendimento. Pra endoidar foi um fiapo.

Candê também traduziu aquele rombo ao lembrar da rua toda gozando um mulequinho miudinho, quando um maior veio e lhe arrancou a bermuda que jogou nos fios altos de eletricidade. O grandão gargalhava com a peça enganchada nos fios e Candê buscava no corpo dele a resposta, o motivo. Sentiu as pernas bambeando de raiva do grandão, a cabeça cheia de rojões. Por quê? Mas não tinha ouro nem canavial, nem igreja, nem mansão nessa história.

– Zumbi ardeu o nariz respirando o desespero, Candê. Não conseguia ver futuro nem sorriso, só a água do desespero descendo num redemoinho pelo ralo.

E Candê apertou a barriga lembrando quando se afogou na praia e tudo ia explodindo dentro de si, sozinho, os pulmões pra estourar na hora exata que chegaram os dedos da mãe em seu pulso, puxando seu corpo que parecia uma posta de papel molhado, lhe trazendo de volta pra simples dádiva de respirar, entre broncas e carinhos, puxões de orelha e beijos na barriga.

– E Zumbi com sua família, sua larga família, aprendeu segredos de defesa e de comunhão. Pra não arriar de vez, trançaram as mãos. E com o tempo da guarda dos segredos que latejavam nos seus pulsos, eles sabiam quem era da casa, quem comia na mesma cumbuca. Mesmo que o segredo parecesse não ser de coisa tão importante mostrava quem era de confiança. E assim organizaram o quilombo que lutaram para manter, o que era bem mais difícil do que só começar. Com seus segredos.

Candê sabia bem como um segredo pode dar glórias ou murchar um dia. Lembrou os buracos no tijolo pra esconder brinquedo, as conversas que tinha com seu amigo imaginário e o jeito que inventaram de saber quem estava chegando em casa antes mesmo que se abrisse o portão. Tudo segredo. Artimanhas que ele contou pra Tio Prabin e o tio da boca solta vazou pra mãe, sem maldade mas também sem cumprir sua palavra de confiança.

— E Zumbi e o quilombo de Palmares chuparam o sorvete amargo da traição, Candê. Um aliado que estava de campana aceitou abrir a entrada pros bandeirantes. Era um vigia madrugueiro que firmou trair em troca da promessa de ter um rancho. O rancho não veio mas, também traído, o moço ganhou um empurrão pro miolo de um abismo.

— Os bandeirantes são esses dos nomes das estradas, tio?

— Sim, na sede de achar diamantes, afiavam suas bandeiras. Pagos pra derrubar aldeias e quilombos, abrindo clarões e despontando caminhos.

Candê considerava se o Tio Prabin tinha lhe traído vazando pra mãe o que era segredo entre eles. E se foi por maldade ou pra ressaltar a matreirice de Candê pra mãe, que era ternura. E traição mesmo ele pensou se era a do Ivan, goleiro que na quadra entregava o jogo, deixando passar qualquer chutinho só pra jogar no próximo time que tava sendo montado atrás das traves só com craque adulto.

— Zumbi e sua gente palmarina quando olhavam pra frente viam o Ontem, porque já sabiam o que tinha brilhado e o que tinha deitado na sombra. Com a graça e os segredos do Ontem, ele bailava na linha azul com os mortos.

— Qual linha azul, tio?

— A linha da divisa do mar com o céu. E comia com os antigos, por isso aprendia o que estava às suas costas, que era o Amanhã.

Plantava o futuro que ainda não tinha visto mas que já sentia o cheiro. Às vezes trazia a vela acesa nas costas da mão e, com o fogo ancestral iluminando os tempos eternos, conversava com os meninos ainda não nascidos mas já presentes, que colhiam nos grãos e estavam até nos cachos das frutas do quilombo. Assim, com os passos dos mestres e as orelhas dos bisavós, ele ouvia as meninas ainda não nascidas, mas desde sempre presentes. E delas escutava o som das piscadas dos cílios e dos ossos crescendo, e admirava seus colares.

Candê pensou nos seus mais velhos. Deviam ser tantos, viriam desde as primeiras famílias em volta de uma fogueira ou banhando os pés numa beira de rio. Desde os primeiros cafunés, desde os primeiros arquitetos engenhando portas, corredores pro vento refrescar e teto pra proteger da chuva. Se concentrasse conseguiria ver seus rostos? Tentou e debaixo das pálpebras raiou a face da vó, Dona Cota Irene, que lhe ensinou a se proteger do relampo cobrindo os espelhos da sala e a não correr com copo de vidro na mão, a fazer arroz e salpicar o cheiro verde só no finzinho do cozimento. Dizendo pra não tomar banho logo depois da comida e não jantar pesado antes de deitar. Lembrou também de quando ele teimou, comeu três pratos à noite e choramingou no pijama, a dor de barriga agonizando até de manhãzinha.

– Zumbi precisava da festa. Cada toque em sua hora, os instrumentos trovejando, transformando toda raiva em amor. A fartura de comida, os enfeites no corpo, na casa e no quintal. O povo perfumado de flor e do suor da festa, bem ornado com as pulseiras que faziam na véspera do encontro. Era o prêmio e a missão, pela necessidade de viver e pelo prazer de brincar. Pra caber o mundo no peito, pra sentir o que as correntes e o trabalho forçado proibiam, pra alimentar a cabeça de alegria. Pra agradecer aos mais velhos a proteção e a bença.

Candê flutuou de lembrar aquele fuzuê todo em sua casa. Os jogos, as cirandas, a tamborzada. E aquela quizomba brilhando nos sorrisos dos primos, dos vizinhos e dos amigos distantes que a mãe e Tio Prabin quase não viam no dia-a-dia, mas que moravam nas conversas de sempre. O pessoal chegando com pratos de doces, com reco-reco e tamborim, com discos e caixas de som, trazendo balões pra Candê que tinha preparado o quintal, limpado as bacias, o banheiro e descascado amendoins e batatas pra recebê-los. E depois da festa, das despedidas com os abraços de ninho, desfrutar aquele sorriso que ficava na brisa e a alegria, por muito tempo ainda sentada nas cadeiras.

– E Zumbi sabia que lutar era o mais preciso. Que lutar era o destino e a glória do seu tempo. Com a cabeça, as mãos, as orelhas e o coração. Cada parte do corpo na missão de defender e frutificar seu jeito de bem querer viver junto.

Candê compreendia bem que luta não é porrada, não é chute nem agarrão. Aprendeu com a mãe, a Manta, que lutar foi depois da canseira se dedicarem um pouco mais ao esforço de montar um quebra-cabeça de quinhentas peças e após o dia inteiro de atenção ver aquele quadro montado por suas mãos, com todas as peças encaixadinhas que namorou por toda a noite. Nem dormiu. Aprendeu que lutar era treinar muito a cambalhota que tanto queria fazer e mesmo cansado respirar, tomar um golinho d'agua e voltar pro movimento pra insistir até fazer o giro perfeito. E os aplausos do tio assistindo, sabedor dos treinos. Candê sabia da vó Cota Irene erguendo cada tijolinho das paredes e que ela chamava aquilo de luta.

– E Zumbi sentia que o quilombo ia renascer, mesmo com a perseguição e a traição que derrubou as casas, sangrou tanta gente e que apertou mais uma vez os pulsos e tornozelos em correntes grossas pisando a lama, debaixo daquela tempestade que lavou os sonhos. Zumbi, em paz com o passado e consciente da vitamina de cada gesto por justiça no quilombo de Palmares, sabia que renasceria muitas vezes mais.

– Como assim renascer, tio?

– Dorme, Candê. Tarde agora. Dorme que amanhã é novo dia e cada dia é um renascer. Pode até pensar num nome novo ou num sobrenome.

– Pra renascer não precisa morrer, tio?

E Candê reparou no silêncio leve do Tio Prabin, que acendeu velas com cuidado nos castiçais que ele mesmo pintou. Então Prabin cobriu Candê com o lençol, beijou seu belo nariz largo e abriu as palavras e fechou os olhos. Recitou agradecimentos e o som da voz entrou na chama das velas. Suave, seu canto sussurrado tocou as luzes do passado, amaciou o travesseiro do menino e chamou a saúde pro amanhã.

Muitos chamam isso de reza, outros chamam de poesia.

Baixinho, Tio Prabin batia palmas e esfregava as mãos enquanto versava o que agradecia ou cantava pro que anunciava. E o menino acompanhava com estralinhos nos dedos as leves palmas de Prabin... até que dormiu sem medo.

UMA DESPEDIDA PORRETA

A vó acendeu no sonho de Candê. Ele reconheceu a curva do cangote, o pano na cabeça, a pele de uva passa e os lábios de peixe sempre abrindo e fechando num biquinho, como quem cochicha pra si muitas frases sem palavras. Ela subiu a escada e parou no quinto degrau pra tomar fôlego e descansar os joelhos.

No seu próprio sonho, Candê ainda era o bebê que engatinhava. Mas ia sem encostar no chão e com sua mãozinha ligou uma escada que ficou rolante pra vó. Dona Cota Irene negou, agradeceu meio contrariada e entrou pela orelha do bebê num sopro com cheiro de abacaxi, dizendo que era bom aquele aroma fluindo no seu sangue de caçula. Ela saiu por seus olhos, numa lágrima doce como água de coco que desceu aos cantinhos dos lábios de Candê, já de novo aquele menino grande de sete anos que sonhava com a vó dedilhando as suas covinhas de Candê de fraldas.

– Fio, tô indo. Vim só despedir. Muleta inflama e não me engana, fio. Cansei de andar me arrastando e desse leite nas minhas vistas que já não fazem mais diferença de mosca e de formiga.

O bebê Candê, ainda todo banguelo, no sonho respondia certinho mas com a voz de um lindo gato preto.

– Fica mais, vó. A gente cuida da senhora.

Aparecem Manta e Tio Prabin tomando sopa de abóbora, brevezinho fazem um coro antes de se dissiparem:

– A gente cuida, mãe.

– A gente cuida, Dona Cota.

Dona Cota Irene cintilando os olhos acocha Candê em seu colo e eles zarpam céu acima, sobem abrindo veredas no espaço sideral.

– Eu sei. Vocês tanto me oferecem os ouvidos atentos e as cumbucas de sopa quentinha, mas já vou. Vou feliz que já dei banho de camomila antes de colocar Candê no berço e que já passei maizena pra não ter assadura nessa bundinha. Mas cansei de não poder mastigar as delícias que eu gosto, cansei dessa gastura no estômago que não quer digerir mais nada e da coluna que chia e trinca, até mais parece um cavalo galopando nas minhas costas.

Dona Cota Irene apontou também as pernas e Candê compreendeu o gesto. Sabia da cãibra que entrevava a coxas, a batata da perna e até a planta do pé da vó nas noites de terror.

– Mas vó... eu faço massagem na senhora.

Dona Cota Irene se flagelando, deita na lua que trepida e ameaça cair na Terra. Candê busca a mamadeira antiga, a que tem álcool numa conserva com cânfora e arnica, e esfrega nas coxas desesperadas. Massageia a vó que se retorce e geme na noite pedindo tesoura, faca ou qualquer metal pra colocar em cima da cãibra.

– Eu sei, meu neto. Você vem mesmo toda madrugada. Eu nem quero barulhar, mas esmurro a parede até sem querer e você sempre vem. Eu sei, mas além desses músculos retorcidos eu tenho a curiosidade. E não quero ser cobaia de caixinha de remédio que anuncia no rádio. Tudo valeu, meu neto. Cada lágrima e cada traquinagem, cada decepção e cada gargalhada. Cada calo e cada ciranda. Cada praia e cada martelada errada no dedão. Mas agora tá uma tonelada viver.

Ela levanta e calça chuteirinhas nos joelhos do Candê bebê que engatinhando bate forte numa bola oval pras defesas da vó, que pula dum lado pro outro da lua e voando é goleira catando as bolas no cantinho. Até que solta a bola que renasce estrela no céu preto e diz pro neto não fazer ruído, que é pra ele não acordar. Dá-lhe um beijo e benze baixinho. Então deita na lua onde já fez sua cama de lençóis cristalinos e fronhas rendadas. Não acordará mais. Sem cãibra sonhou também e na sua boca calada havia um talho de tranquilidade.

Foi enterrada na praia, envolvida por tecidos coloridos com desenhos de segredos geométricos, como escolheu. Levando seu antigo leque de jacarandá pra se abanar e afastar mosquitinhos que viessem pingar no seu nariz e pra se defender quando o calor for muito. Festaça com caldeirões fumegantes celebrando sua despedida e a chegada daquele menino Candê que veio equilibrar as energias da casa e da cidade. Como ela pediu.

Os chegados jogavam carteado na tampa do caixão que não foi usado, até levarem Dona Cota Irene nos panos e nos ombros, gargalhando coreografias. As mãos lapavam o couro dos instrumentos e chegava longe o recado. Poetas versavam pra ela, pros portais e pras picadilhas estreitas de seu caminho. Recordavam em ladainhas as encruzilhadas pitorescas ou tiravam chulas e repentes contando causos porretas que viveram com a vovó. A multidão se esbaldava num arrasta-pé, bate-coxa, cheira-nuca e roda-saia, com doces e geleias que chegavam embrulhadas em panos de prato que ela rendou. Uma despedida de gala para a mais nova ancestral, aquela mulher que só usou roupa sem remendo aos 25 anos de idade.

Horas depois, Candê acordou sabido. Renascido.

A TERRA E SUAS QUENTURAS

Tio Prabin está aguando as plantas dos vasos do beiral da janela e Candê rompe na cozinha, assustando as plantas.

— Zumbi, credo! — É o berro do menino, mas Prabin o conhece e só pelo jeito de curvar a cabeça no ombro já sabe que ele tá espoletando.

— Ó Tio, não fui eu, quem gritou assim foi o Germano. Eu tentei dizer pra ele o que você me ensinou, mas não consegui. O senhor fala tão certinho, parece que tá me contando um quadro.

— Diz do teu jeito, Candê. Aproveite pra enquanto fala pensar se não posso estar te enganando. Reflete se seria possível mesmo ter um Zumbi assim.

— Assim como? Se era morto-vivo ou se era sangue-bom como o senhor diz, tio?

— É. Como poderia ser dos dois tipos…

— Germano disse que zumbi é fedido, uma nojeira.

— Sabe… Há quem diga que Zumbi abraçou esse nome pra arrepiar mesmo. Uns falaram que significa "o que nunca dorme", outros diziam que não, quer dizer "o que conhece cada fenda do chão". Ele queria firmar que além de jardim e de doce manjava do azedo e de pesadelo, que era íntimo da sombra e do arco-íris que envergava à noite com os mortos, pra de manhã mirar flechadas junto com as crianças e almoçar com os adultos o que trazia no balaio.

— Eu vi um vídeo de música com caveiras trincadas saindo do chão do cemitério. Saíam todas esfarrapadas, pedaços de olho e de barriga despencando. E o nome de cada um ali era zumbi, Tio.

— Eita. Esse papo até me dói o calcanhar, meu amado Candê. Diz: quem será que dirige esse filme, Candê querido? Quem assina esses dicionários? Esses aí são chamados de Zumbi porque pra secar o corpo dos africanos, deixar sem caldinho nem pra chorar nem pra cuspir, barões diziam que quem vinha da África era demônio. E depois deram nome de Zumbi pros demônios que inventaram. Ou pros auxiliares inventados dos demônios que inventaram.

— Tio, só aparece zumbi morto-vivo. Com as pelancas caindo dos cotovelos, bafo de esgoto e cabelo embolorado. Sequestrando os meninos pra soltar num buracão de palha com vermes. Zumbi morto-vivo bem peçonhento. Sabia, tio?

— Sei, Candê. Mas de onde será que vem essas certezas babando pelos cantinhos da boca?

— Todo mundo fala, tio. Mas tô confuso agora. O que é zumbi mesmo então, sô? Dizem até que vem dos infernos debaixo da terra.

— Chamam esses de zumbi porque decretaram que a língua, o cabelo e a respiração negra era assim, corpo de maldade. E maldade seria domínio pra baixo da terra. E ainda baixaram ordem que nas profundezas se tosta gente no hotel dos pesadelos. E que todo gerente desse hotel é negro igual Zumbi, igual a gente.

Prabin cata um punhado de terra, úmida.

— Pega, cheira.

Candê dá uma narigada e seu rosto se embarreia. Sente uns pontinhos gostosos na cara.

— É a terra das rochinhas, das minhocas e das raízes se enrolando por baixo da terra, Candê. Das águas que vem com frescor pra nossa sede. E do fundo do chão vem a força que tu usa pra pular. Vem do chão e do sol que te coroa.

— Por que tanto chamam Zumbi de demônio, então, tio?

— Por que ele era a dor na cabeça dos que tinham chicote na ponta da cruz ou da caneta. Sabe que dizem que ele aprendeu a ler com um padre, pra balançar a palavra deitada no papel e inflar a letra com estratégias? Palavra viva e disfarçada de morta. Engenheira. Que usavam como coleira e que ele laceou, tirou do pescoço e arrumou pra usar de sandália. E dizem que ele lia sonhos também... Lia os passos, lia o que arfava subindo e descendo no peito das pessoas e o que vibrava na garganta. Lia até os restos de comida sobrada nas gamelas.

– Hum?

– Lia como um passarinho lê as suas avenidas nas linhas do céu. Mas pra continuarem sugando, os vampiros dessa história precisavam inventar um jeito de justificar toda sua ganância. Pra poder fazer o que quisessem com o pretexto de purificar o mundo. E pra tentar quebrar as raízes da terra do peito e das pernas dos pretos. Pra mandar pra longe, separando família... igual boneco de palha.

– Então disseram que isso era zumbi? Boneco de feitiço que faz ruindade?

– Isso.

– E faz?

– Muitos chamam de ruindade e maldade o que não compreendem, Candê. O que encaixa no seu medo. Seja o pulo no grito ou o cantar de quem recusa a mudez. E ainda tentam ganhar uma moedinha em cima... vendendo remédio pra essa maldade que inventam.

O menino lembrou de um vizinho que tentou fazer isso com ele. Colocando Candê pra lavar a casa, dizendo que era pro bem do menino, pra aprender a ser organizado e ocupar a cabeça. E arranjou outra garagem na rua pra Candê lavar e se curar de vez da tal preguiça. Só não disse que ia cobrar três notas vermelhas do dono da garagem, enquanto Candê ia esfregar parede.

Prabin ensinou que pra quem vinha de Congo e Angola, gente de Palmares, Zâmbi é o grande criador presente em cada grão, em cada gota e no infinito do pensamento e do vento. Com essas frases e sua sinceridade no dizer, Candê foi a planetas dentro de si e viu até grãos de comida e de som fluindo pelas veias. Até voltar da viagem e perguntar num piscar de limpeza e inocência:

– Deus?

– Chame como você preferir... É a grande força das músicas e do silêncio, das cores e do que se espalhou no céu soprando azul e roxo. Se Zâmbi reina azul no céu, Zumbi vinha nas uvas e na sombra. O rei do chão, das raízes, das lavas e das minas, das cascas e penas quebradiças dos animais depois que eles atravessavam sua ponte com a morte. Rei das artérias do chão, das sementes brotando e das minhocas que desenham os caminhos e labirintos das terras, abrindo ares.

– Minhocas?

– Sim. E com elas aprendeu. Por isso, os bandeirantes nunca sabiam de verdade onde estava a sua cabeça. Mas se Zumbi considerava que tudo era criação de Zâmbi, até ele mesmo, as cavernas das funduras do mar e as gargalhadas sem beiço das caveiras dos bichos na terra, ele também tinha aprendido que a grandeza do céu era só uma unha de Zâmbi, desde o mofo na penumbra dos porões até o roxo das beterrabas e o tempo das cicatrizes.

O menino arroxeou, beterrabinha. Era a vergonha de contar o seu medo dos vultos nas sombras. O medo que Tio Prabin já conhecia.

– E achavam que ele era um zumbi de apavorar?

– Ele era. Zumbindo pra afastar os pernilongos que chupavam seu sangue e embolotavam feridas na sua pele. Zumbindo como um marimbondo pra cambada de muriçocas que lhe picavam sem piedade.

– Tio, então Zumbi assombra quem?

– Candê, Zumbi quis mesmo estorvar e ser um pedregulho na colher de prata dos palacetes, ser um caroço na mastigada do manjar em caldas dos castelos. Não é porque é feio que apavora e sim porque sua realeza não cabe na moldura espinhosa que desenharam pro seu pescoço. Porque sua realeza não é a da majestade que deixa seus súditos à míngua ou seus malungos sem goles de água nas caminhadas, enquanto o rei se sacia virando jarras. Ele assusta porque recebe os mortos, constrói casas e dá de comer para eles. Mas Zumbi queria apavorar mesmo.

Assombrar barão que punha criança e velho pra desmaiar na enxada sem poder comer nem uma folha da tarefa toda que tinham que carpir no sol. Zumbi amedrontava quem separava famílias enchendo navio e charretes pra carrear africano sequestrado. Arretava de medo quem pra lucrar e dominar rebanho escrevia e escarrava que o preto da sua pele era de bicheira, que era sujeira transbordada do seu coração. Zumbi azucrinava os donos e feitores que mandavam gente encher tijolo pra fazer mansão, mas que não podiam morar em casa sem mofo e sem ratazana, gente que tinha sempre um duque pra coçar as costas com escovinha ou pra servir os biscoitos na bandeja enquanto suas próprias crias mal tinham uma colher de mingau.

Zumbi vivo, Candê, muito vivo. Apavorando pra num vacilo buscar de volta nos casarões e nas senzalas os seus malungos, quebrar as correntes e com eles se entocar nas selvas e serras. Mas, antes de tudo, apavorava porque incendiava.

– Os casarões, tio?
– Não, pequeno. Os sonhos.

Zumbi assombrava, assombra e até ri disso.
Quem era mesmo o morto-vivo, hein?

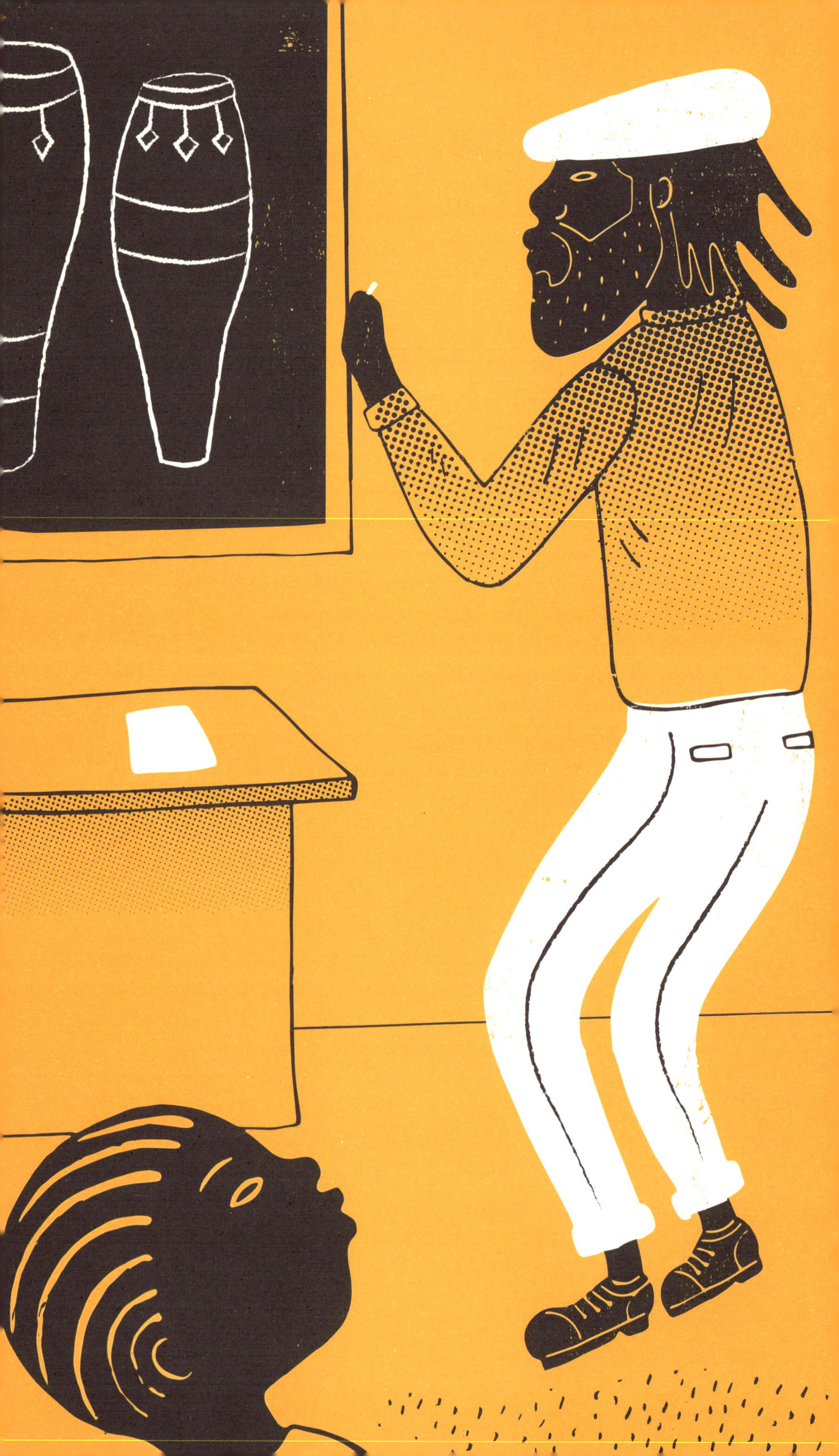

A MENTIRA

É mentira que Manta foi à escola acudir Candê. Nem com elegância e nem tumultuando. E foi só vontade afrouxando com o tempo, vontade que Tio Prabin chegasse respirando terremotos e na escola oferecesse a brisa, soprando pólen pros pensamentos, calmo e apresentando princípios e fundamentos da história negra e brasileira até ser convidado a puxar palestra e oficinas para toda gente, alunos e funcionários do colégio. É mentira também que ele chegou chispando, vomitando fogo e revidando as humilhações engolidas por Candê. Ficou apenas num relance de vontade vencida o Prabin escandaloso trincando os rebocos da escola, trepidando o pátio, esgoelando sua voz de megafone e cobrando porque espremeram o coração de Candê. Com todos os alunos vazando das salas pra ver o que era aquele fuzuê cobrando retratação pública.

Não, nem com a pluma da língua nem com peito de aço Prabin chegou tinindo. Ele foi sim buscar resposta, consultar o que acontecia com o corpo de Candê no recinto, mas no balcão da diretoria foi aguardando atendimento e em tudo havia desconversa. Nada teria ocorrido (O senhor é pai da criança?)... (talvez o menino tenha problemas que inventa na própria cabeça)... Tio Prabin nem sequer foi desprezado até resmungar ou brigar. Foi apenas anestesiado de pouquinho com protocolos de cadernão de visitas e cafezinho morno, morno como o papo que tudo estava bem e que naquela escola não havia esses problemas, esse arame farpado. No país todo, no planeta e talvez até na via láctea inteira, mas ali não.

A verdade pequena é que Candê foi ainda mais chacoalhado depois da visita de Prabin, e não só por mais duas ou três crianças, mas também até por professoras e inspetores de recreio e de portão de escola que mangaram dele mais e mais. Outra mentira, ficção mal nascida, foi que Prabin fez da coceirinha na cabeça um caminho e encontrou outra escola com biblioteca ensolarada e aulas pelas cozinhas, esquinas, jardins e pontes do bairro, girando o cérebro com os mais velhos. Aulas com a física das pipas, o chiado na matemática das panelas, a geometria das rodas. (Mas ainda ali seria a palidez a maestra da história? A forca do esquecimento seria o mestre-cuca dessa cozinha?)

Não, isso não é mentira. Prabin buscou e encontrou sim. Mas para pagar a mensalidade e ainda levar o moleque a um bairro tão distante, tão central, teriam que comer só biscoito de maisena durante o mês e não cobrirem as pernas nem a barriga quando acabassem os panos das calças e das camisetas.

conhecidas entre tochas e bolotas de carvão. Mas não chamou ninguém da escola... E ninguém veio.

Candê percebeu como melou dentro de si um bombom mofado e cheio de larvas quando acreditou tão fácil naqueles vários papos sobre zumbi de assombração, quando até mesmo riu de várias piadas sobre a própria cor e o nariz, o próprio cabelo e a família. Desorientado, pra não perder amizadinhas, até recontou as mais escabrosas. Havia até tocado essa bola pra mais e mais gente e agora via que era uma bola de facas que esfolou o próprio pé e varou seus dedos. Como caminhou dolorido o menino, mancando do coração.

Aspirou o ar da madrugada e espirrou forte o medo e a raiva. Saíram respingos amargos que vinham do labirinto dos pensamentos. Concentrou num lenço e com as histórias de Tio Prabin foi limpando por dentro das orelhas a tanta meleca de dentro da cuca.

Sem sanha de revide também não insistia em perdão, apenas engolia a solidão sussurrando cantado pro chão. Candê desejava que as outras crianças soubessem o que aprendeu e ficou mergulhado nesse querer arrancando casquinhas de ferida. Uma grande do joelho, gostosa de tirar, caiu e ele ainda a achou no matinho escuro. Conferiu na unha que ela era muito parecida com a pele de alguns gravetos, irmã gêmea de palhinhas e de flocos de terra.

Desfrutou das batatas sozinho. Fosse no quilombo partilharia feliz?

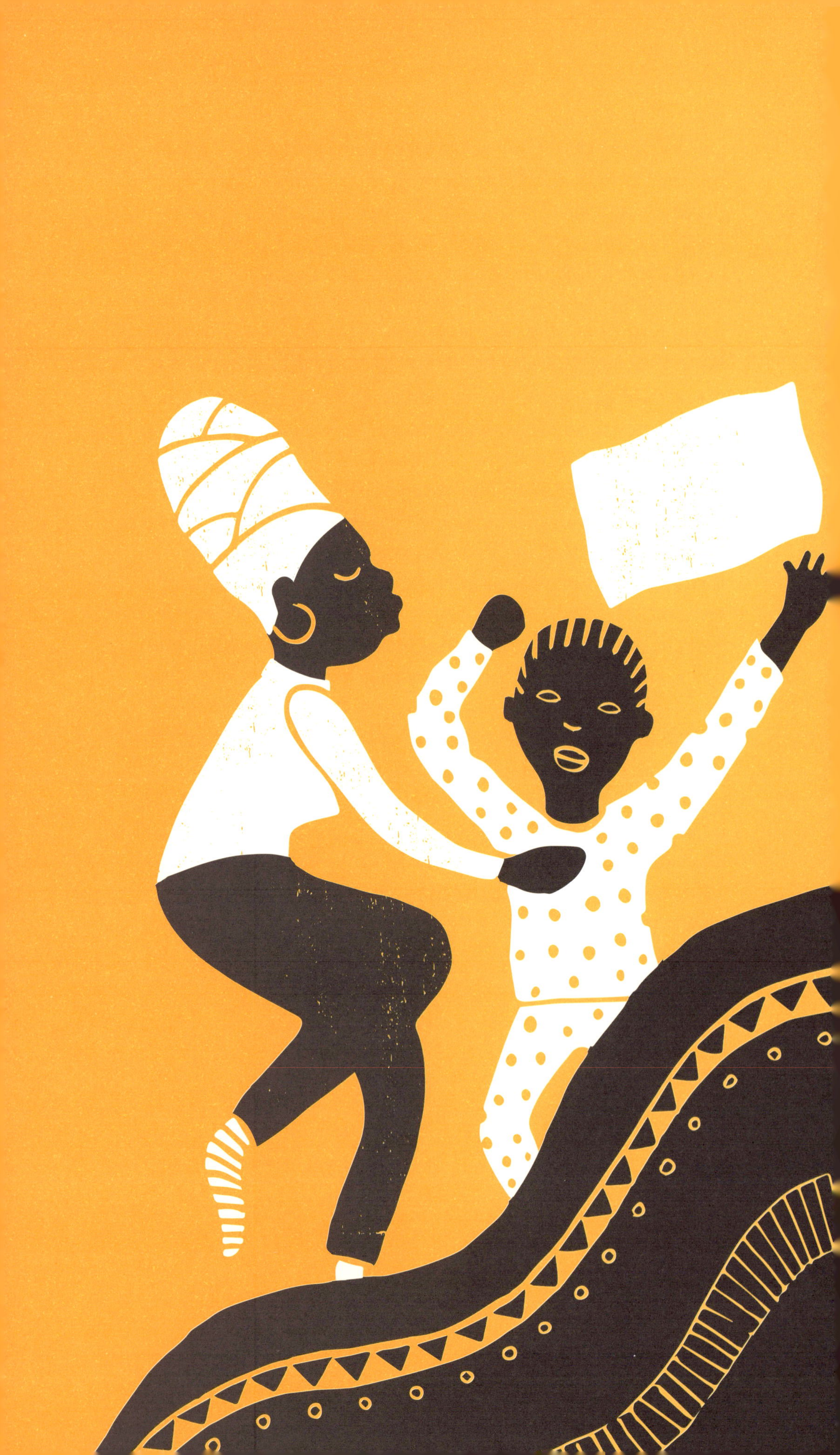

MANTA JÁ NÃO COBRE SUA CABEÇA

Hora de dormir. Candê cambalhota na cama e com seus bonequinhos e cavalinhos trava contatos interplanetários. Dente escovado, o semblante da mãe aponta pra ele apagar a luz. Depois de três pedidos pra esperar mais um pouco, chegou a hora. O que dá nesse menino que às dez da noite fica elétrico?

Ainda há tempo pras cósquinhas de sempre no pescoço, no suvaco e nos pés. E pra um jogo de conseguir falar os nomes e sobrenomes inteiros da casa enquanto gargalhava. Naquele alfabeto gozado sempre começavam pelo nome de Dona Cota Irene... Com as cócegas na barriga vinha até um engasgo de tanto rir e o caçula revirava e perdia o ar. Assim, nem conseguia chegar ao próprio nome e passar pelos de Manta e Prabin no percurso do jogo. Feliz derrotado, sua medalha era a história pra dormir.

Manta cobriu os pés do piá: já não chegava mais a cobrir toda cabeça, mas ainda dava conta do peito. A mãe às vezes sentia novamente aquele pequeno no útero. Chupando o umbigo do futuro, calmo como quem desfruta um sorvete de bola.

– Mãe, conta uma história de quilombo?

Manta sentiu seu umbigo sorrir.

– Tá bem, filho, eu conto. Mas depois que contar você tem que adivinhar de quem eu tô falando.

– Combinado.

Pro menino, as estórias de Manta eram diferentes das de Prabin, que tinham a espessura do chão. As da mãe flutuavam e se esticavam, nuvens roxas se alongando vagarosas num céu azul marinho da noite. Até que o céu ficava então todinho cor de vinho e o filho era sugado em paz pelas alturas. Candê se diluía leve... era absorvido pela manta morna e úmida das histórias maternas. Diferentes das de Tio Prabin que tinham a densidade e a porosidade do chão.

Os pernilongos sentaram na beira da cama, cruzaram suas pernas e firmaram não picar o guri se a história que começava fosse bacana.

– Candê, no quilombo de onde veio essa pessoa não queriam ressecar e nem blindar a mata. Ali estavam há muitas luas: nascidos naquelas cabanas ou mesmo fugidos de quem sugava cada gota do seu sangue, daqueles que tramavam como vampirizar a mata também, até o talo. Daqueles que não queriam só escravizar gente, mas também a floresta. Que fincavam a intenção de chicotear o rio até ele virar esgoto, meter ferro no pescoço do ar até ele acinzentar e ficar só uma fedentina. Esbagaçar as veias da terra como roeram os pulsos dos que rodavam os seus engenhos e guiavam seu gado. No quilombo se encontrou o povo debandado do casarão daqueles senhores que não tinham só maço de dinheiro debaixo dos travesseiros de pena de pato, mas que afofando seu sono orgulhoso tinham também a metidez de quem gosta de humilhar.

Candê escorregou suas mãos por baixo do travesseiro, ali seus bonecos já dormiam mas os cavalinhos ainda pisoteavam seus cascos. Havia também um segredo: duas metades cortadas de limão entre a fronha e a espuma, pra esguichar no olho de quem viesse lhe estorvar em algum pesadelo. Aquela bolinha verde era o fruto que mais atraía e concentrava os raios do sol. Fortaleza.

Manta seguia na quilombagem:

– As folias, os medos e as perguntas dessa pessoa da história eram irmãs dos sentimentos de todos outros quilombolas.

– E os sonhos eram iguais também?

— Dos sonhos não sei... As historias das frestinhas de cada pessoa, as curvas, o paladar e as pancadas são muito diferentes pra cada uma. Mas essa pessoa sabia os sonhos de muitos.

— Como?

— Ela lia.

— Lia sonhos também?

— Como assim "também"?

— Ah, nada não. Continua, por favor.

— De manhã em roda contavam os sonhos. Ela lia pelo balancê dos lábios falando, pelos jeitos da coluna e de pisar.

O menino fingia que não sabia de quem ela falava e Manta lembrava de uma moça que entrou no seu bar, propondo trocar um trabalho de compreender os sonhos por um prato de comida. Especialista em lidar com sonhos acordados.

— Candê, essa pessoa no quilombo também escutava o som do gole d'água das cabras que bebiam o fresco na margem do rio. Imagina a orelha dela...

E Manta cantarolou poesia num ritmo de ciranda.

O calor de seus olhos esquentava quem?
E a quem derretia?
O batuque das suas mãos pilando
Sovava milho para quem?
O batuque da sua sola andando
Quais joelhos tremiam?
O seu sopro congela quem?
Avoa quem? Acende quem?
Sua presença cresceria em qual coração?

— De quem eu tô falando, meu filho? Diz antes de dormir. Contar a história dessa pessoa pra você é senha de qual sonho?

— Ah, mãe. Fácil. De Zumbi. O Tio Prabin tá me ensinando.

— Fácil?

— Agora é.

— Pois parabéns.

— Acertei?

– Não, errou. Valeu tentar, mas deveria pensar um pouquinho mais e não se achar tão esperto, tão confiante.

– Hum... é mesmo... Então, quem é?

– Dona Cota Irene, minha mãe, tua vó. E esse quilombo é lá de Minas, de onde ela veio.

O DUETO NO BAR

No bairro do Cabajuara muita gente tinha família ou os próprios calos vindos de algum quilombo longínquo. O bairro era como um ninho de passarinhos de plumagens diferentes, mas muitos com a mesma história nas asas. Um bairro pra se levantar por quem chegava sem guarida, gente que deixava seus ninhos de antes, ninhos caídos, derrubados, atacados por gatos ou dominados por chupins.

Pelas ruas, cumprimentando o povaréu, Manta e Candê caminhavam pro bar. O menino tentava chutar com curva as tampinhas de garrafas das calçadas rachadas. Ele calculava a raspa do mindinho no chute pra pegar efeito e as tampinhas voarem como um pião carrapeta.

– Mãe, se eu tivesse outro nome, qual a senhora gostaria?

– Eu gosto muito de Candê, filho. Por isso escolhi. Mas você pode escolher o nome, a hora e o lugar pra te orientar de novo pra vida, abrindo a compreensão pras orelhas e a coragem nas perguntas.

– A senhora acha que Zumbi pegou esse nome porque queria ser mesmo esse mano tinhoso? O que não dorme?

– Não dorme, mas sonha. E modela o sonho no barro com suor.

– Nome dele era pra não deixar dormir sossegado quem queria seus dentes pra colar.

– Colar onde? Num cartaz?

– Não, mãe. Colar de pescoço.

Ela fingiu boca de morcego e sapecou-lhe um beijo no pescoço. Reclamando da baba o moleque seguiu na prosa.

– Ele era sobrinho de Ganga Zumba. Tio Prabin disse que Ganga Zumba também era árvore e que calculava as gotas da chuva e dançava com máscara. Ele foi o rei dos Palmares que depois de tanta canseira, vendo que a alegria nas rodas custava muita preocupação com os bandeirantes que já usavam até canhão, acenou aceitar um acordo.

– Imagina subir canhão pelos morros da serra, Candê? Eles deviam ter muito medo ou muito apetite pra estourar os mocambos, né?

– Eles tinham é coceira nos dedos, mãe, pra pegar o dinheiro prometido se eles derrubassem Palmares.

Ela suspirou. O menino já não tinha a mesma inocência de antigamente... suas canelas esticavam, cheias de riscos e cicatrizes e ele já riscava o compasso no mundo. Esse mundo tão torto que conseguia ter mais defeitos que ela, Prabin e Dona Cota Irene juntos.

– Ganga Zumba ia acertar de se entregar, de parar de libertar os acorrentados e de buscar negros aliados nas fazendas e estradas, em troca dos bandeirantes e do governo pararem de atacar Palmares. Mas a maioria e também Zumbi não confiavam neles, mãe. E Zumbi disse que não, que era pra ser livre toda gente ou então Palmares ia continuar com todos os pés. Prabin me disse.

– Aí deu desavença.

– Deu, mãe. Eles brigaram forte. Zumbi decretou que se ninguém nasce escravo, ninguém devia morrer escravo. Nem podia viver escravizado.

Nesse ponto chegaram ao bar de Manta, onde sempre vinha gente oferecer trabalho, fuçar fofoca, lambiscar comida, pedir água, oferecer ouvido, dormir na banqueta ou começar um dominó com luvas furadas e os cabelos colados de cimento. Tão distintas as pessoas que entravam e saíam como são diferentes as cores do céu durante o crepúsculo. Ali estava Candê com a

BAR
—DA—
MANTA

marmita que levava pra mãe, com os legumes cozidos e beijados por Prabin.

Foi Manta subir a porta e chegou um senhor vestido todo de amarelo, cor de gema de ovo desde os enormes sapatos quadrados até o chapéu com aba pontuda que lembrava os aviõezinhos de Candê. Mas os bolsos do seu macacão eram vermelhos na bunda. Sempre com um olho só levemente fechado, o homem pediu uma dose. A bebida veio com espuma na borda, que ficou pendurada em seu bigode branco. Candê notou ali as diferentes tonalidades da cor branca e lembrou dos tantos naipes de pele escura de sua casa.

Eis que então o homem no balcão sacou seu chapéu da cuca e ali virou o copo. Colocou o chapéu de novo na cabeça, virou o corpo e deu um tapa no calcanhar amarelo. Subiu a pálpebra que tava descida e tirou o chapéu com cuidado. Virou o chapéu e pela sua ponta desceu uma enxurrada. A espuma da bebida agora era a crista de uma onda onde crianças surfavam em cascas de árvore e senhoras se transportavam pelo oceano dentro de barris. Todos desceram na praia e comparavam as marcas das suas pegadas na areia. Limparam os pés, pediram a bença pro homem "Bença, seu Benjamin. Como vão as malasartes? E as palhaçadas?". E conversaram horas e horas no bar, brincavam de conseguirem pisar juntos no sapatão quadrado do palhaço Benjamin que gingava e desviava o pé. Candê sorria do queixo até o nariz de tanto brincar com aquela molecada chegada dos mares do chapéu. Gurizada que foi embora num pisco, sem grandes despedidas mas dizendo que voltava em breve.

Nas paredes do bar, as fotos do futebol do bairro do Cabajuara, emolduradas. O poster do Flor da Gente na parede, time campeão da várzea da quebrada que venceu na final a equipe do Três Cachos. Era foto em cima de retrato, parecia balançar a imagem aquarelada. No quadro, cada boleiro era capoeira, jogador de pernada, dançarino de frevo ou baliza de linha de frente de cordão de samba, daqueles que requebravam surpresas e estripolias com bastão, apresentando o cordão batuqueiro que passava com seu estandarte. Ao fundo da foto do Flor da Gente o campão com risco de cal, um lameiro onde chuteiras restaram atoladas, barrão que hoje é metade igreja e metade estacionamento de carro. E atrás do time posado do Três Cachos, o areião onde pingou sangue e até dentes se perderam, o campo de gramadinho ralo na beirada, do sol sem piedade desmaiando zagueiros e dando de chapa em centroavantes arrebentados, das cabeças baixas na substituição que encerrava as esperanças do dia, que saíam com seus calombos nas canelas e no coração. Eta Várzea... do humilde coroado rei, do arrogante que conhece o vexame, do bruto que salta cambalhotas infantis e do gozador que apresenta sua carranca.

Então entrou no recinto uma moça arrastando sandálias e trazendo cheiro de alfazema que prevaleceu no bar. Quando essa moça piscou nasceu a primeira estrela daquela noite, no céu do mundo e debaixo do teto do bar. A moça propôs um escambo: leria os sonhos de Manta em troca de uma cuia de mingau ou de uma bela faixa de cabeça, como aqueles da cuca da dona do bar. Mas só sabia abrir sentidos de sonho sonhado acordado. Ia tirar suas lições e profecias do cinema na cachola de Manta.

Aí ela bebeu as imagens da íris de Manta e libertou seu ar. Tinha aprendido ritmo com a quebra das ondas, aquela eterna percussão no mar do quilombo de onde veio. Com o estrondo que descambava no chão ou com a calma oceânica que lambia as rochas, as ondas sempre garantiram noites de ritmo. Já as melodias, estudou com o desabrochar das pétalas e com as aves que desciam rasantes e subiam com peixes no bico. A moça cantava como se cantasse aos cachorros, com a finura e a presença inteira em cada nota. Sabia que os cães ouviam até cem vezes mais que os seres humanos e qualquer grito era um estouro em seus tímpanos. Havia horas certas pra soltar seu vozeirão... Sabia que berros também assassinavam a poesia em shows e recitais, então cantava baixinho, a voz um fio de agua fervente. Cada sussurro, cada vazada da garganta, era um chamego ou uma faca de ponta, uma morada pros sonhos dos ouvintes ou uma explosão de estrela em seus pés. Até o Vento que veio visitar a cortina do bar se emocionou, suou e então veio a garoa.

Com o chuvisco, chacoalhando o terno chegou um senhor muito alto, maior que os postes, mas que se envergou e se repuxou pra ficar apenas com dois metros. Entrou abaixando a cabeça pra não topar o coco nos batentes de porta ou nas lâmpadas e cumprimentou toda gente, até os goleiros das fotos dos times na parede, pra antes de sentar pedir a cantante uma música de Lupicínio Rodrigues.

A leitora de sonhos não sabia inteira essa canção, mas embromou com classe e, amorosa, inventou uma nova letra que ornou perfeitinho com a cadência e a sensação desejada pelo homem, entoando a fineza esperada por ele. O senhor acompanhou mudo a primeira quadrinha da canção que já conhecia de cór, trilha de duros desamores que amoleciam com o banho de música. Ouvia em silêncio e de olhos fechados navegava na voz da moça. Mas na segunda parte, inventada na hora pela mulher, com os cílios cintilando ele surpreendeu a cantora que compôs no ato um grande improviso e cantarolou junto com ela sem errar nenhuma sílaba e compasso daquela letra que nascia, tornada por ele uma rima a dois. Dueto, parearam cada escala daquele poema novo de cantar que veio sem tempo de gestação e inédito ressoou também entre os dentes e pelas artérias do homem.

Ela era acostumada a cantar na noite, volta e meia na hora de sair chegava um bebum, doce ou truculento, e insistia por uma música especial colocando moedas numa taça como pagamento para a pedida. Mas aquele senhor era pura elegância, sua postura exalava aroma de canela. Sorria suave e pisava calmo, sentindo cada milímetro da sola encostando no piso. Deixou-se encher com a onda de música como um buraco na areia se enche de mar. Ofereceu à moça uma folha de cristal, que com seu sopro chuviscou e caiu em dez pedrinhas cor de rosa quase transparentes, cada uma numa unha da moça, brilhando e guiando seus passos de cantora que se foram pela garoa das ladeiras e vielas do Cabajuara, cada pedrinha na unha era um poema para os relâmpagos. A moça zarpou levando também uma faixa de cabeça, que veio com o sorriso de Manta e as palmas de Candê.

O senhor ficou e disse: "Ela é Cesaria Makeba, conheço de antigos carnavais. Nasceu na baixa do Valo Verde, mas morou depois na Casa de Joanes. Negro ali não podia andar na rua sem crachá e hora marcada, mas seu canto saía e crescia na pele da gente".

E então estendeu para Manta um saco de canela, paus tirados da casca da árvore. Ele mesmo havia colhido da caneleira um dia antes, no quilombo de onde veio ainda rapaz e que sempre revisitava lá nos pampas frios do Sul. Até nevasca ali baixou em seus ombros e tapetou o chão com vários tons de branco.

O homem pediu licença pra preparar seu mate que leva pra todo canto com sua bombinha e canudinho de metal. Sorvendo, contou do vento que chamavam de minuano, o que atravessa ponchos e casacões pra meter seus dedos de gelo nas costelas da gente. Minuano que aperta os vaqueiros e encolhe as lanceiras do Sul que cavalgam até Uruguai e Argentina.

Oliveira Silveira: eis o nome daquele ancião alto como os coqueiros das terras quilombolas de Cesaria Makeba. Grisalhos seus cabelos, porque já resvalaram na lua numa noite em que ela desceu minguando, sorridente, pontuda. (Mas ele garantia que tingiu seu crespo formoso em uma tarde de nevasca).

Era um velho poeta que rodou o país propondo que no 20 de novembro, dia da morte de Zumbi, celebrassem a passagem do rei e não se caísse no chororô. Que levantassem o coro e sorrindo com gana comungassem a saudação ao grande ancestral.

LIMONADA QUENTE

É alta noite e Candê percebe Manta abrir a porta, sabe que é a mãe pelo barulho no jeito de rodar a chave. Com seus bonecos, o menino aguardava os mais velhos. Virá outra história com o mel da melodia? Mais desenhos de palavra pra Candê colorir com o giz de cera dos ouvidos?

Manta passou no quintal pra recolher do varal as peças brancas que Tio Prabin esfregou no tanque. Candê ia pedir outra história de quilombo. Tinha sono e guardou seus cavalos e bonecos com o limão cortado debaixo do travesseiro.

Veio pancada. Ia dormir gemendo no chororô. O motivo seria seu pé sujo no lençol limpo? Tomou um cascudo sem que a mãe pelo menos o ouvisse. Engoliu a pocinha de lágrima do canto da boca e as palavras que não pôde pronunciar. Mais que o vergão da chinelada na bunda, doeu o tijolo das palavras que não disse, sufocando sua goela. Como dormir, asfixiado na fumaça das sílabas que nem nasceram? Como? No travesseiro úmido, sentia um navio enferrujado atracado dentro da cabeça e um banzo de marinheiro solitário.

Por que apanhou?... Por que era um metido que não se misturava com mais ninguém na escola? Por que era um chatinho encrenqueiro que não sabia brincar e que xingou Germano e a professora antes de sair correndo levando o vento no bolso? Por que era o maria-vai-com-as-outras que se envolve facinho com a meninada boca-dura e perguntadeira da rua? Por quê?

Nem pensava se o motivo era o limão que manchou fronha e jogo de lençol, tudo novo que o tio bordou?

Também não soube que aquela pancada corroeu o coração da mãe, carcomendo os ossos do peito e pesando na mordedura do feijão. Não soube que ela remoía o destrato enquanto girava a colherinha do café. Aquela chapoletada na bunda de Candê pesou tempos no seu queixo e até congelou seus dedos. Com o remorso tentava abotoar seu vestido e trancava as janelas.

– Nem ouvi o menino...

Na noite da bordoada, Manta tinha chegado com seus miolos cozidos, a cachola gasta com os perreios do serviço. De manhã viu um devedor atravessando a rua pra não passar em sua porta, o da paçoca vendida fiado, o da dívida vencida há mais de duas semanas. De tarde, ela ouviu garrafas se estilhaçarem quando seu pulso fraquejou carregando o quinto engradado cheio do dia, e depois ainda furou o pé num caco quando varria o piso. No começo da noite, outra limpeza: um freguês desconhecido largou o banheiro com cheiro asqueroso e ela, sempre exigente de higiene, desviava do chão melado enquanto desinfetava a privada e a parede que o porco deixou suja de marrom antes de levar o rolo de papel higiênico que nem usou. E por fim baixando a porta do bar, indo embora pra carinhar Candê e ouvir suas filosofias, chegaram fiscais exigindo documentos que nem existiam. Sugeriram umas moedas nos seus bolsos de trás, discretas, pra silenciar o caso. Manta apertada por canetas e carimbos no seu boteco onde era gerente, contadora, fornecedora, faxineira, atendente e vigia. A paciência do dia ali evaporou toda, como aquelas roupas do varal e aquele lençol novinho e manchado.

Mas durante o ciclo inteiro daquela lua, a bordoada na criança inflamou sua mente. O seu grito de cala-boca emperrava o passo. Agulhava no estômago a pergunta se era preciso bater na joia nomeada Candê.

Foi um mês com eco de facas sem corte esfregando e lanhando por dentro.

O menino rodou na cama feito ponteiro de relógio, num pesadelo acordado. Então sacou o meio limão e deixou no beiral da janela. Ele não lembrava o que aprendeu com Tio Prabin sobre limão tirar ou deixar mancha... Lembrava que podia queimar os dedos no sol, o mesmo sol azedo e concentrado da casca pra dentro. O raio do sol seria azedo também? Pensava numa luz salgada...

Zumbi lhe traria um limão. Adoçado pro teu corpo, suco fresco pro calor. Limão que funcionaria num estilingue ou arremessado com a mão. Candê jogaria longe o limão e a tristeza, a fruta ia passar da lua e explodir no sol. Aí choveria limonada.

Limão de limpar as vergonhas que invadiram sua corrente sanguínea.

Os dedos da saudade espremiam limão no seu coração. Saudade da vó que lhe protegia dos ralos da mãe... mas também sabia que, pra compensar, quando Dona Cota Irene brigava... aí era um redemoinho de lixa. Mandava empurrando com a voz, ditava castigo e no balaio vinha a ladainha de duas horas que Candê escutava caladinho.

Dormiu.
Pela manhã, não esqueceu a bronca nem a presepada, mas o rombo de tristeza passou e a bunda nem doía mais. Mais tarde já se encaixava entre as pernas e colares da mãe pra noticiar as descobertas do dia.

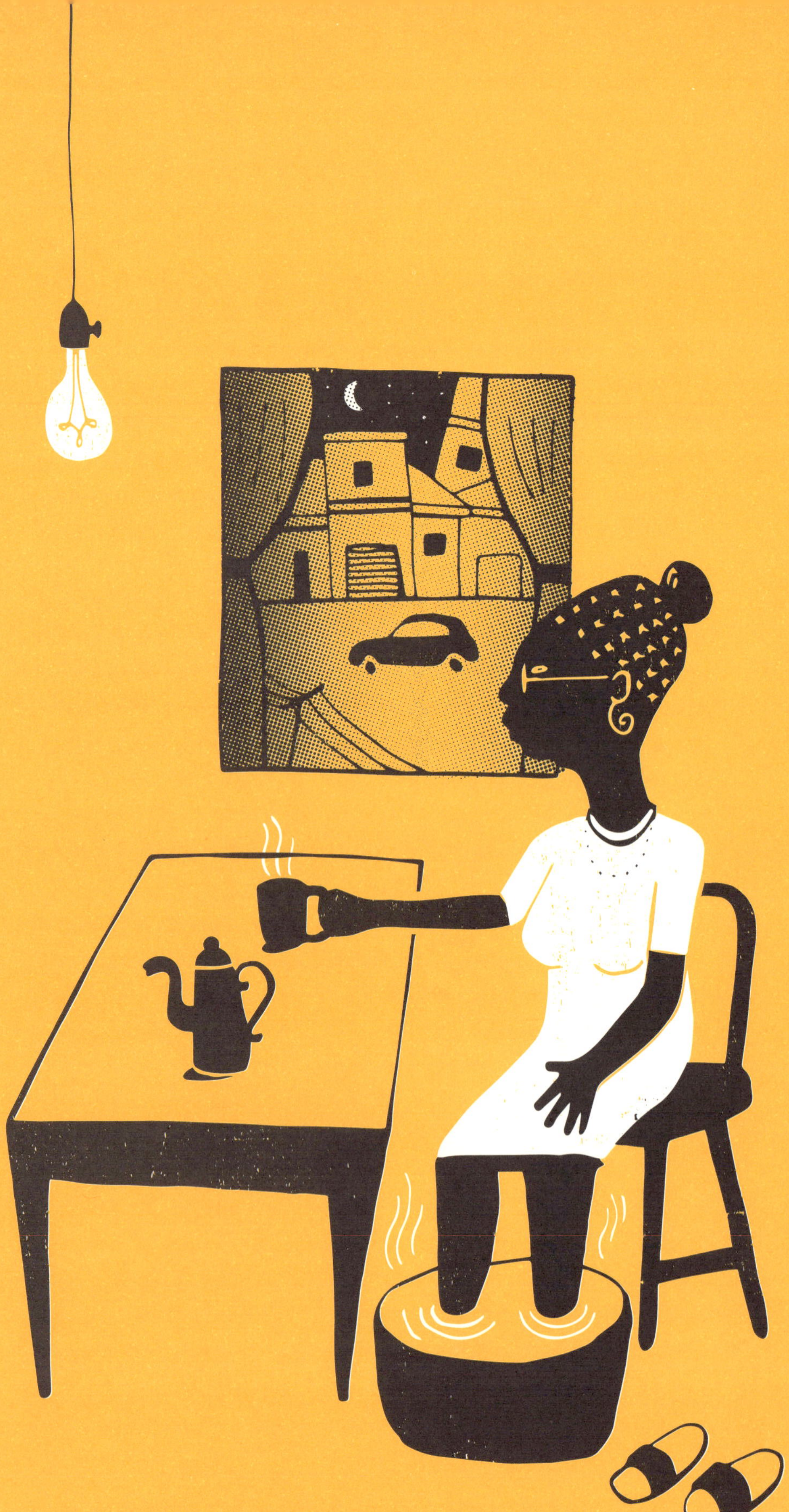

O CABAJUARA

O bairro do Cabajuara era um panelão de sotaques variados que se mantinham de geração pra geração, mesclados com os tons e o garganteio de outros quintais. Havia quem falava "Deixa a poRRta abeRta" com o primeiro R falado em carioquês e o segundo R com jeito de caipira paulista, a ponta da língua dobrada pro céu da boca. Nas bocas dali flutuavam e mordiam muitos sotaques quilombolas de chãos e colinas distantes, sotaques que perseveravam nas ladeiras, terrenos baldios e dentro de casa, passados de bisavó pra vó, de vó pra tio, de tio pra sobrinha. E mesmo que o caçula mais pequerrucho nunca tivesse amassado a terra de seus antepassados, ainda mantinha na orelha, na goela e nos lábios o arrasto ou o martelo de cada jeito de falar que veio de longe pra aquela quebrada. Sotaques que hoje se ouvem em cada esquina e no falatório pelos bilhares e pelas cadeiras das calçadas.

Na mesma rua, uma fartura de origens. Uma moradora vinha acostumada com açaí, jacarés e piranhas nas histórias ribeirinhas de casa. Escolada na canoa entre palafitas, igarapés e rios enormes onde não se avista a outra beirada, montada em árvores gigantes que despontavam no meio da água larga, com copas que formavam ilhas no meio do verdazul amazônico. Já outro morador antigo do Cabajuara vinha de sertão nordestino e havia trepado muito em árvores retorcidas e tristonhas de seca, mas também tinha adoçado muito as vistas com as borboletas azuis e o arco-íris das flores em tempo viçoso de chuvarada. Já tinha pego muita canga de jumento e misturado muito pequi com arroz na panela. No couro havia se vestido, comido e trabalhado. Ainda havia morador do Cabajuara que vinha de família de planícies geladas do Sul, onde aprendeu a flechar montado em cavalos bravos, a charquear carne em varais e espetos e a construir casas de madeiras tão vedadinhas que não deixavam frestas nem pras pulgas entrarem de lado.

Entre a época das chácaras antigas e o tempo dos loteamentos do Cabajuara, o povaréu botou bicos de luz, encanou água depois que construíram poços com baldes puxados na manivela, socou os caminhos de lameira e arruou as trilhas. Montaram vendas de sabão e de chinelo, tendas pra negociar telha, tapioca e jogo-do-bicho. Gente do norte, dos Quilombos de Oriximiná, de Barreirinha e do Marabaixo. Gente do sul, dos Quilombos de Mostarda, da Casca e de Palmares do Sul. Gente dos dentros e mares nordestinos, do Quilombo do Pau D'Arco e de Rio dos Macacos, do Caldeirãozinho e de Conceição das Crioulas.

A vó de Candê muito dizia: "tá vendo onde hoje ocê dorme, menino? Há trinta anos aí era o poço. Sabe onde hoje ocê se banha? Ali era um barreiro só e fiz uma escadinha com corrimão de corda pra chegar lá em cima na rua. Bati cada degrau e cascalhei".

Assim ela ensinava com os pés na salmoura, os tornozelos tão inchados que pareciam bexigas cheias de macarrão. Lembrava as épocas vividas ali de acordo com a face dos cobradores passados, nos ônibus onde pedia para lhe despertarem quando faltasse um ponto pra chegar no primeiro dos dois hospitais onde batia cartão de ponto. E dali pro outro trabalho chinelava uma hora antes de fazer seu plantão madrugueiro todo de pé. Que hora dormia Dona Cota Irene?

No fundo do quintal, beira de córrego, a vó plantou goiabeira e abacateiro, pôs balança nas árvores e cuidou de manjericão e alfavaca, muito boldo e alecrim nos tijolos e latas de tinta que viraram vasos. Teve época de rabanete e beterraba que cultivou e descavou espantando galinhas. Mas seu xodó era a mangueira que plantou, viu piquitica e depois frondosa. Nos seus galhos via a miragem de Minas Gerais. Na sua paisagem de dentro ainda verdejava um tapete de montanhas, lá de onde veio na carreira, onde aprendeu a receber bem quem tinha morros demais no caminho e desanimava a regressar. Dali o gosto de bem receber e prosear? De dividir feijão com couve, angu e quiabo, cafezinho com queijo?

Manta já tinha contado a Candê que Dona Cota Irene trabalhou anos em dois empregos, oito horas por dia em cada. Que a vó saía com dois aventais, um de cada hospital onde carregava caixas de ampolas, seringas e esparadrapos, ela a atendente de enfermagem que virava os doentes de bruços pra limpá-los com algodão. Mas Manta nunca havia falado da vó em roça e quilombo. Já havia dito de pá, de enxada e das bolhas nas mãos de sua velha mãe tirando barro e erguendo muro de arrimo quando a moradia passou de pau pra alvenaria, mas não havia contado da perseguição de cavalos ao avô de Candê e da jagunçagem futucando terra em Minas Gerais, exigindo comprar lotes do mocambo por micharia, expulsando toda gente pra lonjura de bairros levantados com cascas de gesso. Já havia falado de Dona Cota Irene dividindo um ovo cozido entre seus três filhotes remelentos, mas nunca havia dito da traição de um quilombola que ajudou numa emboscada tramada em Minas pra matar o avô numa laje de cachoeira (e o quilombola cagüeta ganhou uma biboca com porcos e casa de farinha num canto do latifúndio que ali depois cercou a paisagem). Manta já tinha contado histórias de Dona Cota Irene consertando chuveiro e liquidificador de clientes amigos, povo do Cabajuara mesmo, no bonde que levava pro centro, bonde onde também costurava bolsos e golas dos aventais das colegas por um troquinho, mas Manta nunca havia dito que os dois tios de Candê, que eram seus irmãos Mambí e Messejã, ainda mocinhos se meteram na rodovia pra nunca mais retornar. Um de botas e mochila com caneca amarrada na alça, outro só de bermuda e com jaquetão amarrado na cintura. Um com moedas num lenço enfiado na palmilha, o outro com bolsos furados e sem nenhum tostão, só dois pães com manteiga atados na cinta. E Dona Cota Irene nunca mais viu seus filhos, mas por décadas rezou a chama da sua vela no beiral da janela com uma xicrinha de café no pires, a chama tremida iluminando um bilhetinho de bem querença com o nome dos filhos sumidos, Mambí e Messejã, tios de sangue de Candê, companheiros de infância de Prabin nas traquinagens pelo Cabajuara véio.

COMO ENTREVAR O PESCOÇO

Uma noite, enquanto tentava dobrar certo as asas do aviãozinho de papel que insistia em se bicar reto pro chão e não avançar nenhum palmo, Candê pelo risco da porta ouviu o tio conversando com a mãe. Prabin dizia que tudo estava bem, se fingisse que estava bem. Se ele não ouvisse a barriga roncando de fome ontem, em plena madrugada de geladeira vazia; se ele não ouvisse os pés conversando com o estômago e pondo o corpo pra zarpar à procura de alguma lanchonete; se ele não reparasse na própria fraqueza… de onde vinha seu receio, seu desgosto? De acenar a quinze ou vinte táxis que fingiam não lhe ver? Do receio de encontrar um restaurante e nem sequer lhe abrirem a porta de vidro e alguma garçonete paranoica chamar a polícia pra averiguar quem seria aquele suspeito? Ou de lembrar da janta deliciosa, a marmita que esqueceu na geladeira do serviço?

Candê ouviu o tio dizendo que tudo estava bem, era apenas saber fingir ser surdo e cego. Ou, na pior das hipóteses, forjar um torcicolo e entrevar o pescoço pra um lado só, não olhar o que coçava, inchava e sangrava. Pelo auto-conhecimento corporal veio a sabença de enganar a fome e dormir com aquela cuíca na barriga. Uma resistência triste.

Então, entre a dobradiça da janela e sem tanta nitidez, pela cortina o Candê xereta flagrou um novo mapa na face de Tio Prabin e reconheceu um jeito também seu do espelho. Havia uma

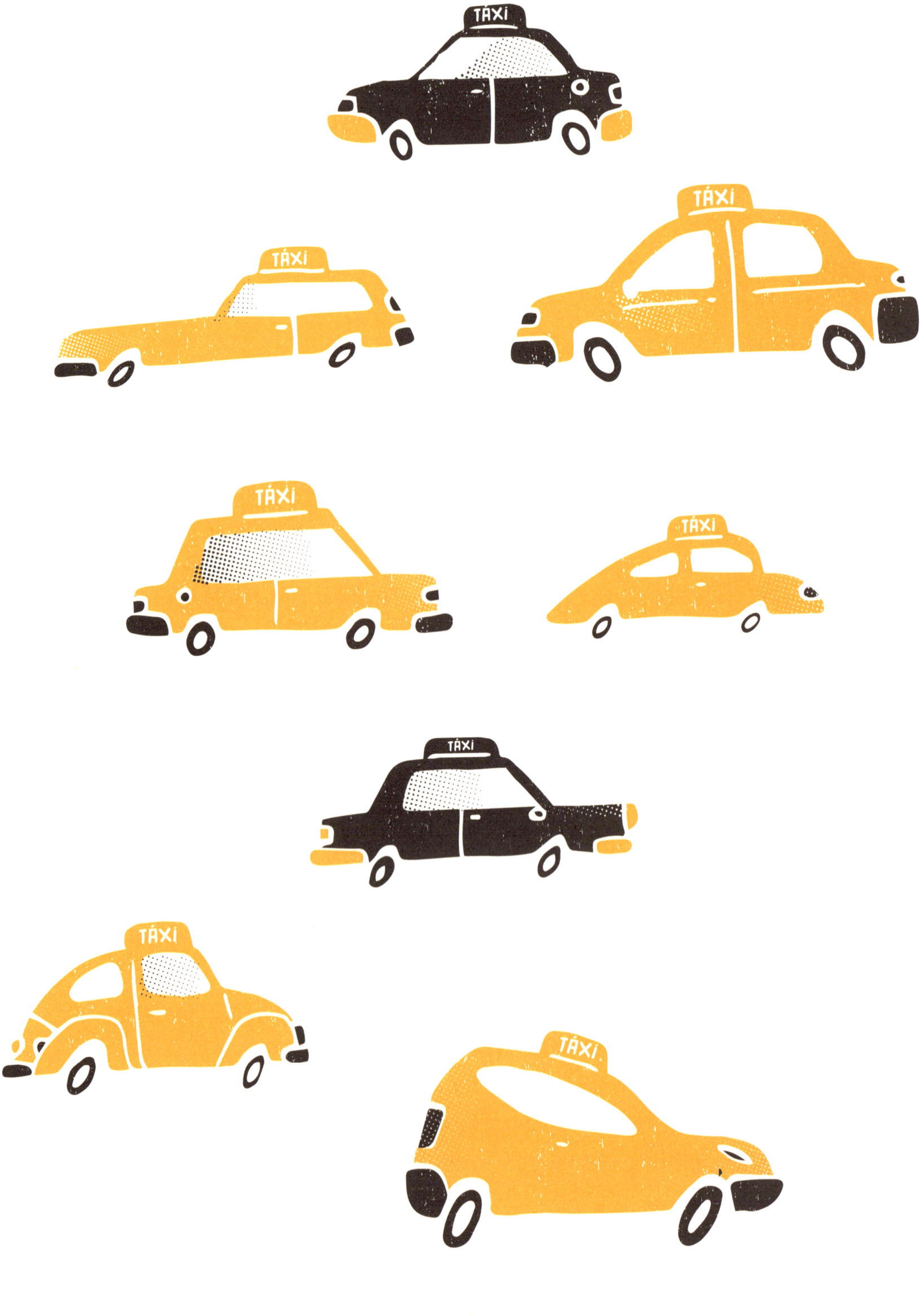

grandeza no colo, sim, uma flauta soprando bonito o vento que vinha do peito onde uma derrota queria se sentar e se esparramar. Havia um arbusto viçoso florindo ali na garganta onde uma muralha queria se levantar, sim, uma maciez onde vogava a vontade de rebater com raiva as bicudas que metiam em sua alma. Ali naquela feição de frustração, também tramando a hora certa pra responder, havia uma cara tão sincera como a dos sorrisos largos que o tio sempre oferecia pra rua quando seu time ganhava. Era a cara de quando dava boa noite, abrindo o portão chegado em casa com os raios da lua. Havia uma postura de príncipe paciente e esperto, mas também o cangote um pouco curvado. Havia orgulho, mas também as costas pesadas e um amém dito bem fraquinho.

E ainda dessa conversa de vozes angustiadas entre os sons das colheres que retiniam no prato de virado, aquela delícia feita com os catados que Tio Prabin recolhia das sobras da geladeira, o Candê espião percebeu nas sobrancelhas da mãe a tradução perfeitinha pro ponto de interrogação que aprendia nas aulas de acentuação. Até que brilhou um metal numa gaveta empoeirada da mente do menino, parecia um grão de alpiste prateado mas cresceu, cresceu e como um vulcão derramou lava, queimando sua memória. E então Candê recordou quando recusaram à mãe um copo d'água numa lanchonete do centro da cidade. Ali onde viu Germano sair lambendo seu sorvete com a mãe dele agradecendo pela venda fiado. Mesmo sorvete oferecido e aceito enquanto comparavam suas figurinhas na calçada em frente à lanchonete e suas mães falavam de fiações elétricas e preços de lâmpadas. Manta olhava pro balcão e pros olhos de Candê, dando um fiapo de sinal pro filho se manter calado e que ninguém soubesse de nada.

E Candê embaralhando as lembranças recordou outro restaurante: lá proibiram o banheiro pra ele depois de beber um suco de canudinho, mas viu guardanapos oferecidos com afeto aos meninos brancos que podiam se demorar no toalete.

Candê enfim viu que Tio Prabin, depois de lavar a louça da refeição, ali mesmo com as mãos em concha esfregou o rosto com força e deitou a nuca debaixo da torneira pra água corrente. Ali na pia da cozinha onde ele não deixava ninguém lavar as mãos nem antes de comer.

E de Candê uma goteira pingou do queixo, vinha da mina no olho.

A QUEBRADA E SUAS UNHAS

Prabin voltou da escola contornando córregos e adentrando vielas.

Ê quebrada... uma hora em tuas calçadas vale décadas de computador... Ele se pergunta:

– Por que sou tão besta pra essas coisas?

Gangue de moleque descendo de bicicleta. Luan de chinelo remendado com elástico empinando e rasgando na ladeira.

Elenita subindo escadão com colchão e cama na cuca.

Funilaria do Alemão, seus causos de cemitério e a gente chorando de rir, com dor de queixo. Desconhecido amigão chegando no boteco do Seu Ari, pagando doses e então oferecendo cartãozinho e pedindo voto.

Anete saindo do bueiro com a bola e seu uniforme do prézinho.

O filhote de raça fugido ontem e vendido hoje, com a notícia de recompensa chegando tardia no beco.

Seu Zequinha de bengala, cambaio, arrumando os espetinhos na grelha e garantindo que é filé minhon. Dois reais.

As criancinhas de touca e luva.

Paulo César de tipoia, mão varada no vidro da porta, na briga de irmão. E consulta só tem na zona leste e mês que vem, que aqui não tinha especialista no hospital. A veia entupiu e tem que tirar uma da perna pra servir no braço. E a dor no frio xinga maior.

Dona Eulália levando canja de pé e de pescoço de galinha pro Maicon, que se arregaçou de moto na Avenida Cupecê.

Uma janela vazando "Samba de Ninar", do Djalma Pires, mais o vapor do feijão. E outra o horóscopo da rádio AM, onde a Cassinha chama pra tomar café.

A variant vermelha cintilante do Tomás Parrudo, chegando cheinha de fruta, anunciando no megafone que hoje tem carambola.

Ê Vila Campestre, Americanópolis, Cabajuara... uma horinha vagabundeando em tuas calçadas.

Por que sou tão besta pra essas coisas?

Onde andará o Andinho, que nunca mais chamou Candê no portão pra jogar bola no campo da Rua do Céu?

Prabin lembra dos dois moleques provocando o Seu Pascoal. Daquela vez, brincando de novo, o cachorro dele não os pegaria na corrida. "– Pode soltar que essa lesma aí não cata a gente, não!". E então Seu Pascoal atiçava o vira-lata, adubava a cólera na coleira: "kis kis kis, pega eles, Titã, pega!". A cada arranco do cachorro a corrente em seu pescoço quase estourava e cada salto do Titã era uma trepidança no chão. E no rosto de Candê e Andinho aquele medo gozado, sorriso de quem vai voar sem asa, porque a brincadeira era soltar o bicho três segundos depois da molecada correr. O cão vingaria com os dentes a ousadia daqueles pivetes, na mordida ia descarregar da força que estrangulava sua garganta, deixar a tatuagem da sua instiga de fincar os dentes na coxa daqueles dois marotos. Era então correr, galopar pra alcançar os petulantes, vazar aquela baba que era uma pasta gosmenta no calcanhar de Candê, de Andinho e da turma toda que entrava no meio da corrida, fugindo e gargalhando até se arribar toda nos muros, árvores, carros e caçambas que aliviassem na segurança pelo caminho.

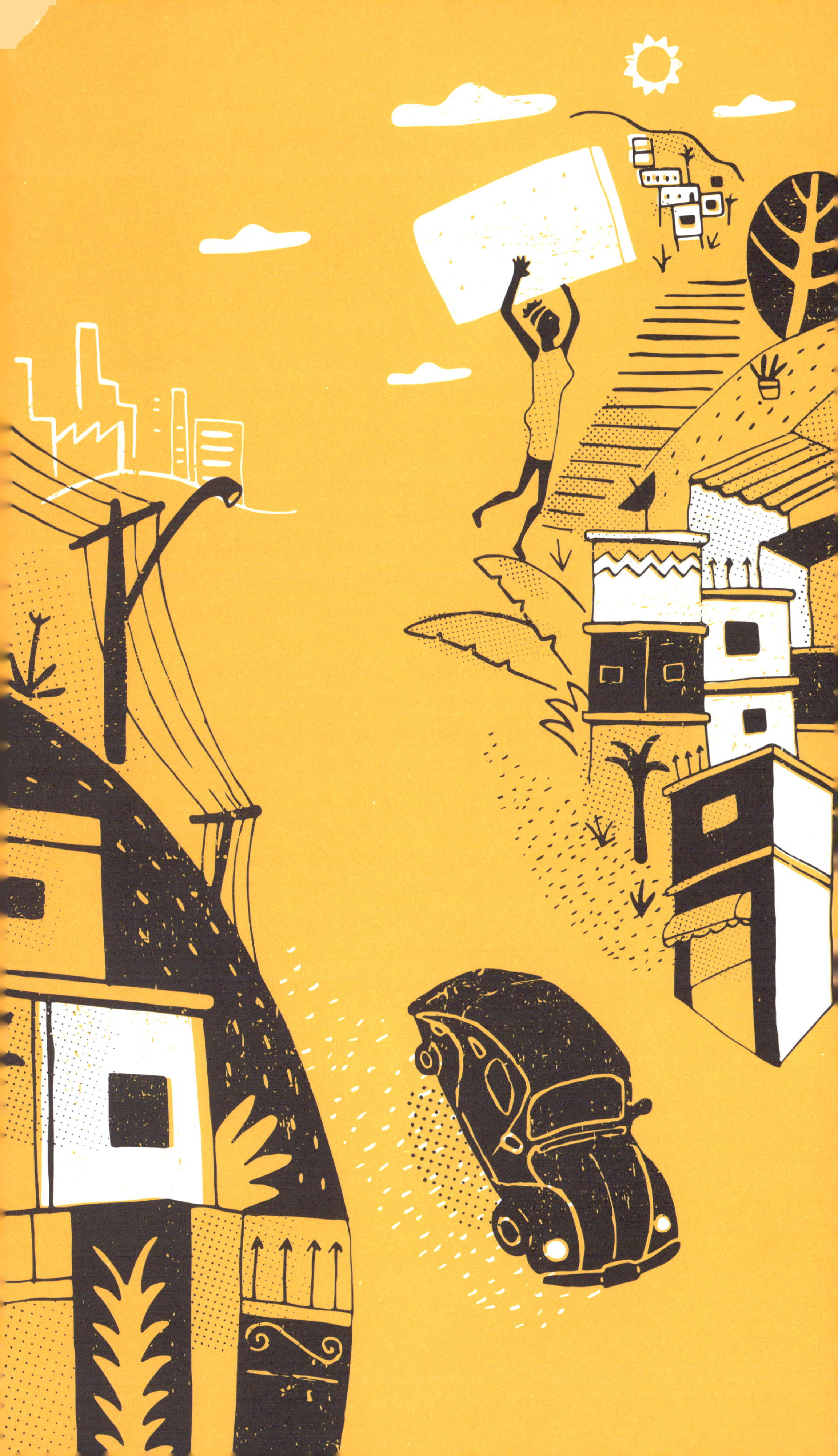

Depois, o sol terminando sua descida, ainda umas manchas roxas no céu recepcionando a noite, a turma chupava bala pra adoçar a memória fresca da façanha, mostrando com orgulho a bainha da calça esfrangalhada ou a batata da perna só unhada pelo cão.

◆

A mãe de Andinho tem gana de arrancar as trompas, o útero e o ovário. Fura suas palmas de tanto apertar os dedos, unhas de desespero, esmalte rachando e manchando de vermelho as mãos. No coração um tijolo, na cabeça um estrondo que vai uivar pra sempre. Desmaia, acorda zonza e vê na tevê uma foto de seu filho com tarja cobrindo os olhos. Na tela, o carimbo de caveira no canto da câmera e a entrevista de um delegado: Andinho esticado e no dedão do pé (sem tênis) um carimbo. Indigente ou bandido, nem sabe...

Andinho, há dias sumido da rua de trás. Preparava e ensacava geladinhos e encaixava todos no congelador pra vender. Andinho adorava passar a canetinha em papel vegetal contornando mapas, horas debruçado no chão... Disse que seria professor de geografia.

Ele que socorria Candê na rua, tirou de briga, ensinou conta na padaria e feitura de estirante, ensinou como prender os fitilhos na rabiola e como desbicar.

– Candê, imagina o que os pipas enxergam lá de cima? Imagina a gente montado na vareta.

◆

Voltando da escola, abordado por camburão na última vez que o viram. Era ele zumbi na penumbra das lâmpadas queimadas e mal-piscantes dos postes?

– Onde cê conseguiu esse tênis, moleque?

◆

As feridas novas retalhando os dedos do Andinho, finalmente calçando tênis de trezentos reais que chorou pra mãe comprar. Sapato que fez o guri vender bolos na estação às cinco da manhã. Passaram as épocas de carambola, jaboticaba, pitanga e jaca, mas as prestações da dívida na loja ainda persistiam. O pisante apertado que ele tirava durante as aulas, que desfilava na quebrada, que voava enquanto brincavam de correr em cima do muro da construção de três andares, aquela obra que nunca terminava e melhor lugar pra ver por buracos estratégicos no tijolo se suas mães já estavam chegando do serviço. Andinho mirava por aqueles ocos na parede onde um gato sarnento esperava com a língua pra fora, debaixo do cano seco da obra, a saída da passarinha vermelha que ali fazia ninho e que cantou urgência quando o menino foi enquadrado na noite. Assoviou graves alastrando pro bairro a presepada, ignorada, como também nem foi percebida a avezinha ao pousar no coturno, nos tênis e nos cadernos chamuscados do menino. Vermelha, talvez confundida com sangue.

Alguns em condomínios fechados se informaram disso pela TV. "Andinho, o periculoso!" Outros, pelos fuchicos das filas do ônibus. "Andinho, o das pipas?" Mas Candê soube de dentro, como se ele e Andinho fossem varizes dessa mesma perna com ferida aberta e pus. Como fossem eles também as cáries de uma saliva de mau-hálito.

Ali não era o quilombo, nas caixas de isopor e nos carros bombando som alto subindo a ladeira não havia só ninho e revide.

Andinho... encontrado no beco. Horas debruçado no chão... dias...

Não tinha razão pra festa em seu enterro.

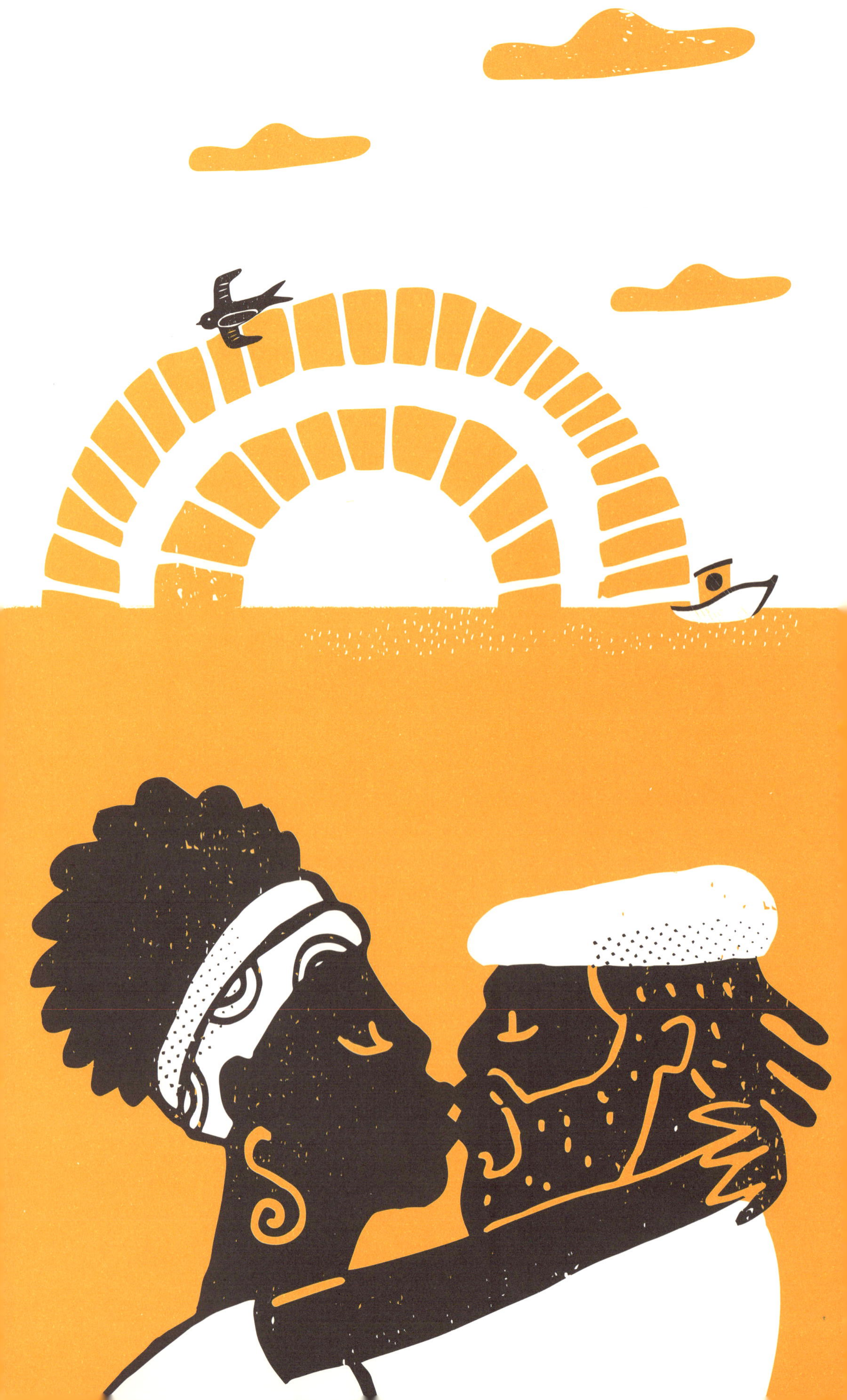

POESIA

O casal tocava as bocas, apertando forte e com carinho os lábios, sentindo cada milímetro e também uma enchente pelas artérias, areinha colorida espalhando pelo corpo todo. Aquelas bocas grossas formavam uma almofada, macia pra vista e pra deitar o bem querer. Erguiam também uma fortaleza maciça pra vista do menino. E uma linha entre os lábios, que se esticava pro infinito, sinuosa adentrando o peito de Candê. Naquela linha entre os lábios da mãe e de Prabin morava Zumbi, o que bailava na linha.

Procurasse a palavra "carinho" no dicionário, ali encontraria esta foto. E se fosse cinema, pra trilha sonora cada pessoa deixaria rabiscada uma sugestão com giz de cera.

Antes ainda da despedida, Manta aplicou uma mordidinha no beiço de baixo de Prabin, alisou seu peito com as mãos negras das unhas azuis e rápido, na virada de corpo, sapecando um abraço de tirar o fôlego de Candê, ainda roubou o pente espetado no crespo do seu filho e saiu espoleta, retocando o redondo do seu cabelo de lua cheia.

O menino metade reclamou e metade gargalhou.

Prabin saiu em corrupios. Rodou leve como os sabiás do quintal, quicando colheu um lápis e de pé no banheiro, caminhando pelo corredor ou empoleirado nos galhos da mangueira, traçou linhas que Candê já lia entre suas sobrancelhas. Todas as letras em brechinhas da contracapa do caderno engordurado de receitas, o primeiro que achou:

te amar pretamente mirando o céu vasto
vestidos de cachecol e livros
apenas as mãos trançadas
bolando petecas e armando berimbaus
espevitando o dia com as véinha e os mulekote
aprender o tanto que tens a viver
o que estuda, o que tua intuição estampa
a euforia pelas veredas em que deixa teu aroma
quilombela
te amar pretamente
e diluir a raiva, esmigalhar a bruteza tanta que tentaram
nos tatuar
da poça da raiva fazer o lago do amor
e tomar água cristalina em tua xicrinha
te amar e não ter vergonha de não saber as mínimas coisas
que não sei
contigo costurar, pintar os pratos
assim, milenar
orgulhoso, de peito cheio
porque os cambas de longe, os antigos tão dentro
abençoam e sorriem
que honramos nossa linhagem
e tu pode zarpar, Manta.
e tu pode saber, Manta.

E canetando, rabiscando as viagens e os labirintos da história que compunha em todos os pedacinhos de papel que encontrava pelos caminhos, Prabin girou pelo bairro. Escreveu sentado na escada do boteco da rua, na ponte sobre o córrego. Escreveu no papel do saco de pão e no papel de seda dos pipas. Volta e meia arejou de ver Manta, nas antenas e nos becos, nas gangorras e nas palafitas. A silhueta das pálpebras, o volume dos braços, o ar de Manta namorando suas narinas, o busto majestoso, os rios dos cabelos...

E ele voltou, pra varrer a cozinha cantando.

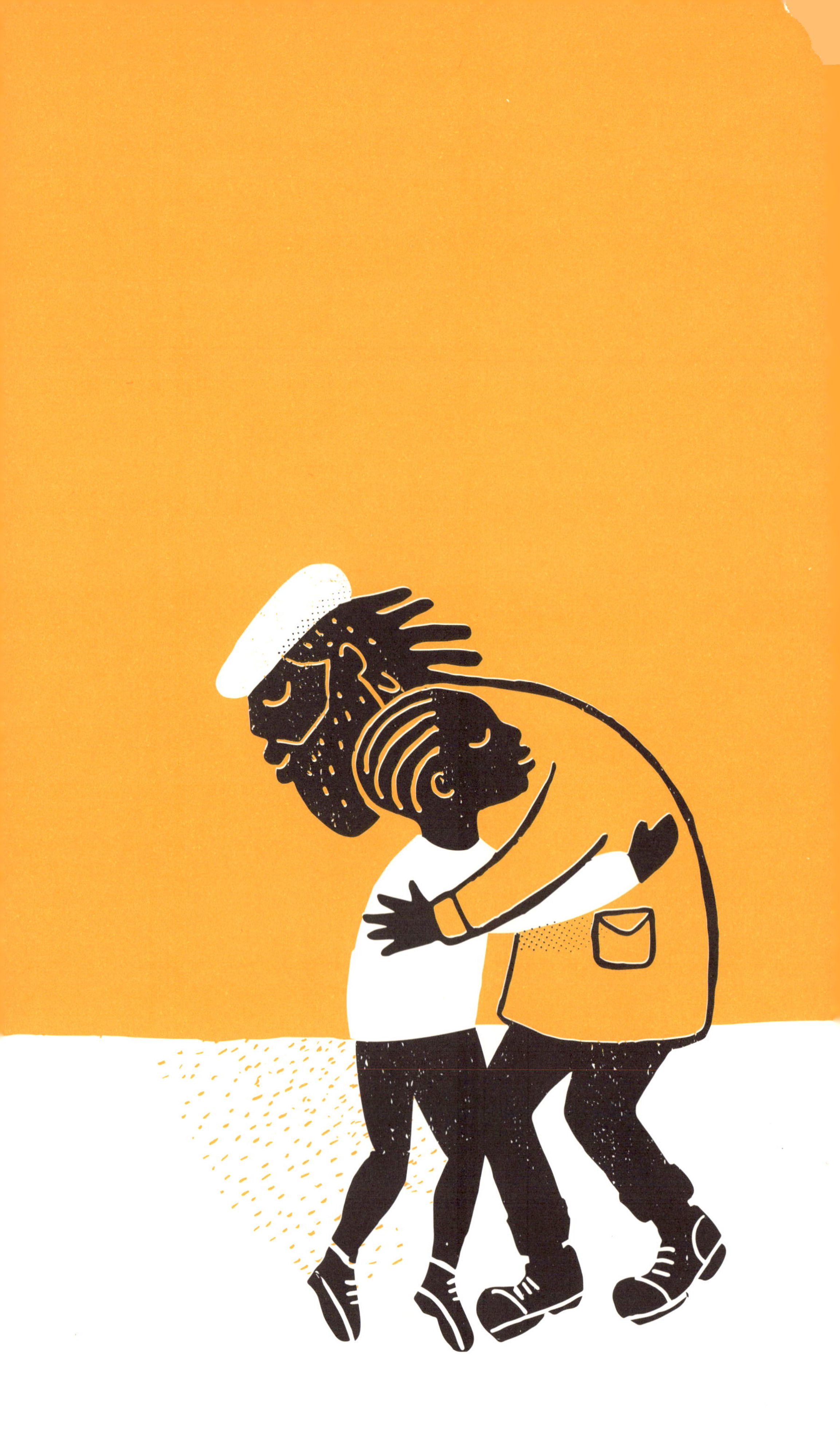

O PEDIDO

Jogando mancala, em plena contagem das pedrinhas no tabuleiro, Prabin pediu pra não ser chamado mais de tio. Pediu com suavidade e acariciando as espirais do cabelo de Candê na nuca. A boca de Prabin, ainda com um risco vermelho do batom da mãe, falava que Candê podia lhe chamar como quisesse: padrasto, pai, amigo ou apenas de Prabin mesmo... Mas ele não era seu tio.

Contou de quando havia trocado suas fraldas. Aquela maçaroca amarela empapando o saquinho e o bingulim do neném, o fedor que chegava até o portão, exalava toneladas e se enveredava pelas estradas até chegar em outras cidades. Prabin arroxeando com a respiração presa, como faziam quando iam à praia e faziam torneio de cabeça mergulhada e nariz fechado.

Candê lembrou quando o Tio ia com ele no parquinho ensinando a pedalar e se equilibrar, pra Candê incorporar o peito no guidão e sentir seus pés redondos como as rodas. Lembrou também como, com elegância e respeito, Prabin com Candê no colo chamava os médicos pelo nome e nunca de "doutor", perguntando várias vezes o que era melhor então a ser feito, pra depois ir na Dona Ernestina, raizeira da rua de trás, saber se também tinha flora e folha boa pra aquele tratamento. Lembrava de Tio Prabin na sua biblioteca e na internet pesquisando o efeito de cada remédio receitado a Candê, conferindo se não tinha risco de engorda exagerada ou de magrelice mofina, nem de sarna na pele ou de furdunço no estômago com os comprimidos receitados.

Lembrou também Tio Prabin furando caixa de sapato com galho d´arvore pra construir um pebolim com pregadores de roupa e tampas de garrafa. Seria seu presente que esqueceu na chuva e arriou. Tio Prabin encasquetava e dava presente em qualquer dia da semana ou do ano, inventando motivos... (– Hoje é dia do céu vermelho, hoje é dia do canto dos pardais, hoje é dia da sombra). Só fazia questão mesmo de não dar nada além de um abraço quando eram as tais datas que as lojas brilham em lanterninhas de promoção. Essas coisas de natal, páscoa, dia das crianças, dia das mães... sempre com suas tocaias de vitrine e um motivo pra provar amor com presente de loja, empacotando carinho no cartão de crédito. Nessas datas até o abraço pirracento do Tio Prabin era um centimetrozinho mais fraco, só pra ele compensar no outro dia abraçando dobrado.

Lembrou também Tio Prabin e a mãe testando a botinha ortopédica pra corrigir a torteira do pé de Candê. O Tio Prabin fazendo micagem, desafiando se com aquela bota quadrada, apertada e maciça o menino conseguia pular num pé só até a goiabeira do pátio. E o vitorioso Candê ia e voltava também num pé só pro abraço fofo de Prabin.

TRONCO APRUMADO

Manta desmolambou quando o ex-namorado foi embora. O cabra deixou recado nítido: "Fui. Não volto", mas sua gravidez ele não deixou por bilhete. Manta achou que era ela mesma o caldo de um trapo de chão? Ou se irmanou com as vidraças quebradas e suas rachaduras em forma de estrela? Levou semanas com fiapos em vez de ossos das pernas, até tirar o conjunto de moleton largo e surrado que meteu pra disfarçar o bucho. Até que numa manhã de apatia no fundo do quintal e no fundo de si mesma, olhou bem pros olhos da mangueira. Ali dos sabiás ouviu um canto de Palmares? A postura daquela árvore, a lisura dura das folhas e o talo firme das frutas no caule lhe contaram um segredo da Barriga, da Serra da Barriga? Sentiu que era a mangueira aprumando na frente, mas nas suas costas era a mão e a canção de dona Cota Irene, chamando pro carinho e pra força do tronco.

– Como você tá bonita, Manta... – Dona Cota Irene falava com a filha e a árvore pensava que era com ela. As folhas tremelicavam de alegria.

Dona Cota Irene via as manguinhas brotejando e dizia:

– Tá vindo esse fruto adoçar nosso dia – Falava com a mangueira e a filha pensava que era com ela. É como sempre a vó dizia:

– Planta ouve mais do que a gente que tem duas orelhas.

Carícias fazem fortaleza e foi tanta convicção nas vistas de Dona Cota Irene, tanto vento de melodias farfalhando as folhas da mangueira, que Manta se aceitou mulherar de beleza na gravidez.

Tava cinza o céu, mas Manta pressentiu a reinação do sol por cima do alto enevoado. A mangueira resplandeceu e nos ombros da filha as mãos da Dona Cota Irene brilharam seus calos. Manta trocou de roupa, tirou aquele moleton tão largo abandonado sobre seu corpo, saco frouxo pra esconder a barriga crescente, e botou o verde da mangueira num vestido novo que pediu pra Dona Cota Irene costurar, com alças roxas como os frutos que ali colhia.

Na alfaiataria, Dona Cota Irene pediu mão e ciência prum moço do outro lado do bairro, que ela conhecia do balcão da loja de carretéis e agulhas. Era Prabin.

E o pé de manga tava de época. Seguia enchendo mãos, bocas e sacolas, do mesmo jeito que o menino Candê depois também se encheria de seus frutos. Inspirando Manta a luarar, cheia lua cheia o bucho.

...

Mas Dona Cota Irene sorrindo dizia que não, que isso era sonho da filha... Que a verdade foi um sabiá que veio de asas leves e bicou macio os tornozelos de Manta, desamarrando os cadarços apertados e libertando o sangue pra fluir e girar pelos pés. Ela sentiu a comida, os brinquedos e os tempos antigos vibrando até na unha do dedão, a energia da vida formigando o calcanhar. Em cada pé o sabiá deixou um sonho. Um era o menino a parir, o outro era segredo.

E sabiá pulou pra encontrar seu parceiro que esperava sobre a cerca. E avoarem.

Dona Cota Irene dizia que assim sua filha floresceu, enquanto Candê espichava de leve seus braços dentro de Manta. O cordão do seu umbigo era um pincel que oferecia tinta e o bebê começava a pintar sua moleirinha dentro do bucho materno, a colorir sua geração. Até que nove luas rodaram e Dona Cota Irene também estourou por dentro. Na noite do parto de Candê, a vó

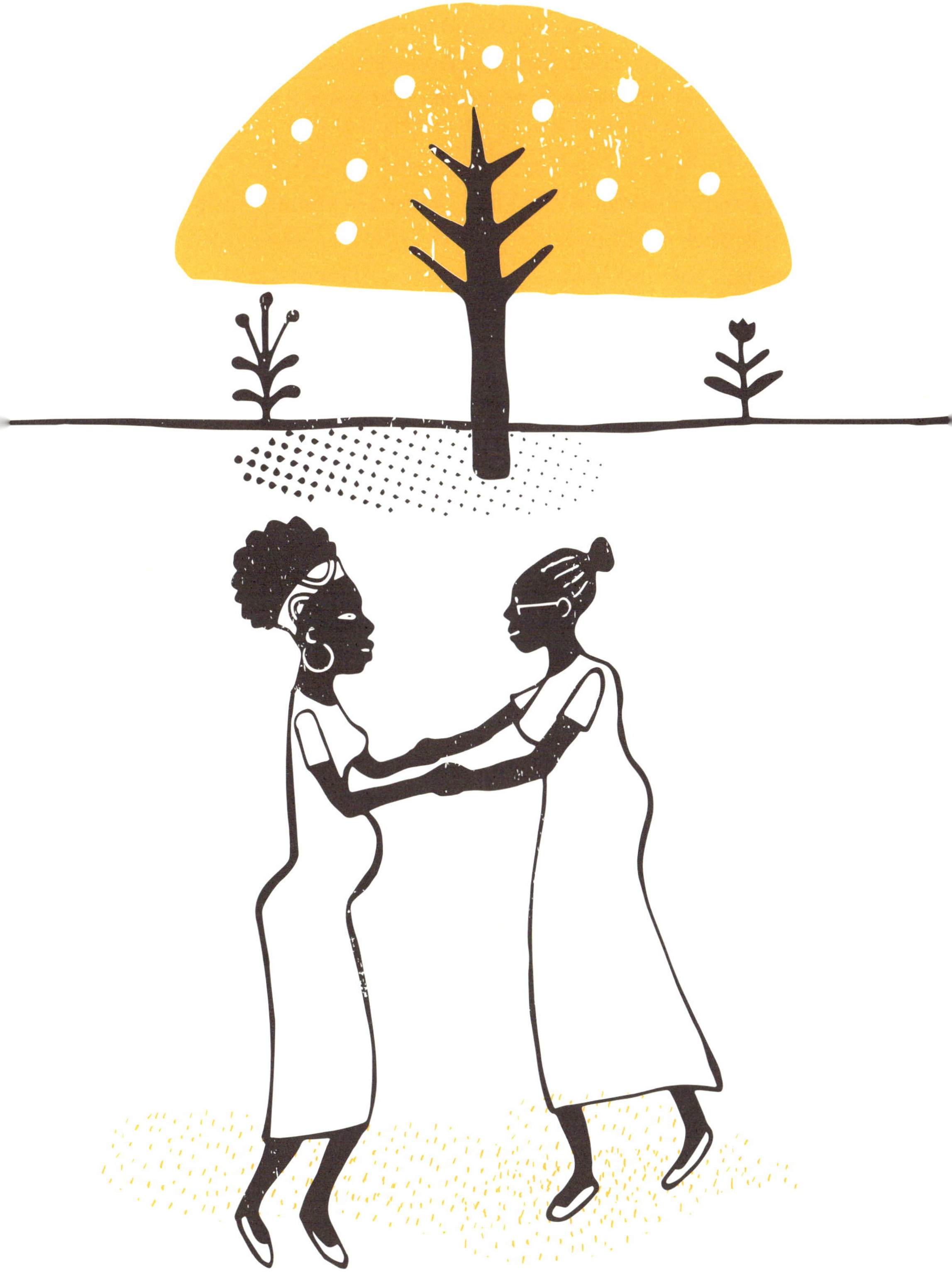

sentiu um estalo entre as virilhas, ali no seu búzio mais secreto, no mesmo minuto em que o neto apareceu meio verdinho e lambuzado, chorando ao sair do ninho morno da filha e mãe Manta, quando seu narizinho estranhou aquele ar seco invasor.

E então no terceiro mês de mamada, entre a plena calma e a dor nos mamilos, a vó ouviu Prabin com atenção. Aquele costureiro veio arrumar os vestidos que alfinetou com Dona Cota Irene por toda a gestação de Manta. Agora ele vinha pelas manhãs ajustar os panos no seu novo corpo de mãe. Prabin que chegou na casa medindo panos em tornozelos e ombros de Manta.

E nove meses depois chegou com suas cuecas e escova de dentes, pra ficar.

ENCONTRO DE BAMBAS

Horas mais tarde, já beirando a meia-noite e bem depois que Manta alisou a testa do seu guri dormido, deu-lhe um cheiro no pescoço e foi regar as plantas com gosto, mirabolou no corpo de Candê um sonho, a encruzilhada.

Foi em sonho que Candê puxou aula. Missão ancestral e sempre urgente de professorar. Ali ensinou Germano, Nívea e também suas professoras, todas debaixo da mangueira de seu quintal.

Zumbi chegou pra puxar palestra com seu penteado de estrela esculpida, crespo modelado que Germano viu cintilar e também deslizar pelo céu feito cometa. O penteado estava nos livros que Zumbi apresentou, era um símbolo de bravura que calhava bem naquele dia da semana. No livro o nome de seu primo Kwatakie estava escrito no cabelo.

Zumbi ensinava plantio de cerca de espinho, amolação de lâmina de pau na pedra e maceração de folha pra disenteria. As mãos das alunas e das professoras já coloridas de barro e de seiva, aprendendo tirar ferro de argila na fornalha. Zumbi revezava com Candê à frente da sala e se revezavam tanto que até confundiram os corpos: era cabeça de um no pescoço do outro, pé de um pra perna do outro, umbigo de cá na barriga dali. Seria isso o zumbi morto-vivo remendado que botava medo? Mas não tava nada desconjuntado, eram orquestra afinada, harmonia de língua de um na palavra do outro.

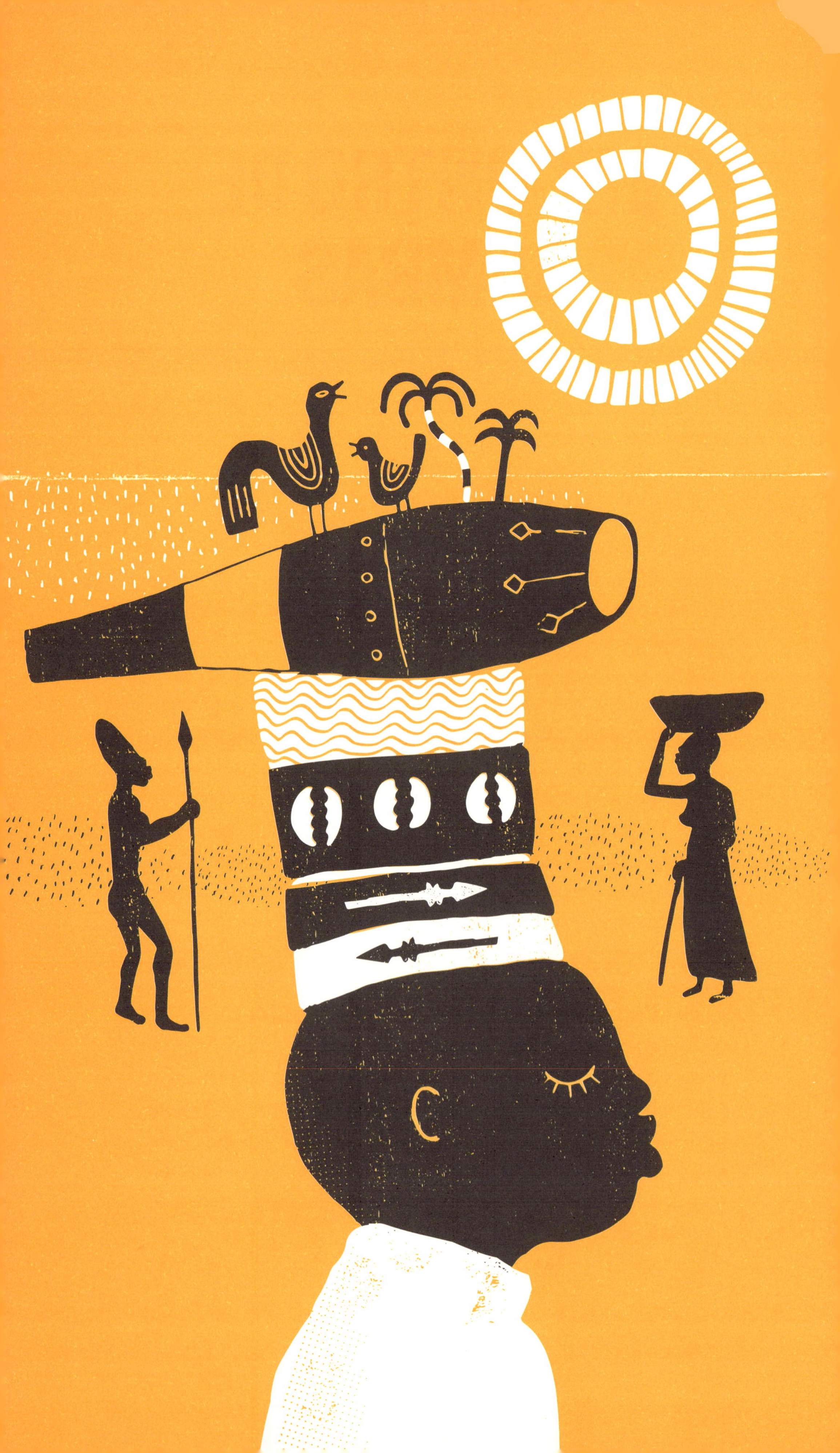

Até que não foi mais Zumbi que falou e nem mesmo Candê. Quem surgiu guiando o povaréu pela mão em aula no pátio e nas esquinas da vila foi a anciã Acotirene, adivinhando músicas e arco-íris que as professoras traziam camufladas nos seus cabelos black power ou soprando sementes em suas tranças. Com Acotirene veio toda a gente de seu mocambo andar e escutar a aula, saber das peripécias de Zumbi com estilingues e seus mergulhos em cachoeiras. Souberam também de esconde-esconde e de cebolas descascadas por Candê num jogo seu de tentar não chorar. E Germano fazia rimas pra gravar as passagens sobre forjar metal pra sua enxada, enquanto Nívea já era uma grande mulher extraindo óleos de caule de jandiroba pros seus cabelos soltos, crescida a sua juba de leão com mil espirais e molinhas. O nariz de Nívea farejava e inspirava com força as lições de Acotirene cabeça adentro, pra não mais esquecer.

E toda a malta assistiu Acotirene teatrando com os funis que Andinho usava, passando sucos de laranja e de maracujá pros saquinhos, encaixando muitos bastões coloridos e ainda moles no congelador, preparando o que depois ia vender no portão do mocambo pra comprar papel de seda e fazer pipa. E se perguntaram se ainda era Acotirene naquele ofuscado de relâmpago que durou uma piscada ou se já era a mãe de Andinho, que com os pés feridos foi sendo tragada pela terra até que ali no chão só restaram seus cabelos curtinhos, um ralo arbusto onde Zumbi passava e sentia tonturas e fúrias.

Germano e Nívea buscaram um geladinho de maracujá e ofereceram para Zumbi, que aceitou, pediu um lápis a Candê e rabiscou estratégias que dividiu com Acotirene, os dois apertando os lábios e rangendo os dentes. As professoras quase pra mandar parar de bagunça, mas com a quentura que Acotirene irradiava acenaram compreensão. Candê abraçou Zumbi e dançaram na linha de um vôo de sabiá. Trocaram as cadeiras de lugar em todas as escolas da cidade e montaram um grande círculo. Desenharam nas costelas histórias em quadrinhos e nos braços rabiscos de segredos geométricos. Cantavam acompanhado um ritmo que subia das mãos de Acotirene.

Candê foi plantar limão e Germano chegou no respeito, cavando linhas onde acenou para Candê depositar as sementes. Voltar a falar com alguém depois que azedou e pegou desgosto é difícil, mas Candê sentiu que poder perdoar de verdade tirava uma tromba de elefante entalada no peito, abria uma porteira emperrada na sua costela. E, confiando de leve, foi libertando seu coração.

Para Acotirene e Zumbi chegaram tachos. Os dois comiam da mesma gamela, amassando bolinhos de aipim com as mãos. Sem talheres, usavam três dedos pra segurar carne de bicho de penas, caça que Zumbi reconheceu. Dois dedos pra comer peixe de couro também reconhecido por Zumbi. E usaram todos os dedos e mesmo as duas mãos pra partir e levar à boca os cozidos de legumes, desta vez reconhecidos por Acotirene pelas marcas das lâminas que cortaram seus talos. Não faltava etiquetas e princípios aos que comiam com as mãos, até que chamaram os garfos e facas de madeira para pegar e talhar as folhas verdes e, por fim, pediram as colheres de ferro pra desfrutarem dos doces e caldas. Celebravam a aula, o bem querer da memória e o amanhã, esse grande céu pra azular.

Embalaram uma marmita e levaram para Ganga Zumba, o mais velho que os recebeu num quarto no alto do escadão da rua de Candê. Sob os pés do mais antigo brotava água límpida e nas paredes do seu quarto sorriam bonecas pretas entre chapéus e guarda-chuvas pendurados.

Os três conversaram bastante antes de Ganga Zumba comer. Sorriram, sussurraram, discutiram alto, traçaram cidades e trilhas e desenharam cabeças no chão. Falaram muito de um lugar chamado Saramanca, no Suriname. Suas vozes repicavam muitos timbres e em cada sílaba ressoava o sotaque de muitas pessoas. Em cada palavra dos três repicava o sino de muitas goelas.

Zumbi e Acotirene se despediram, mas deixaram no aroma das comidas suas palavras que repicaram na orelha do mais velho por um bom tempo, pelos séculos da sua digestão, sobre as curvas e as escolhas do caminho. Sobre aceitar tirar os sapatos para entrar em cabanas inimigas e sobre não abandonar os combinados.

Quando Acotirene e Zumbi saíram perceberam que ali entre as pernas de Ganga Zumba já estava também um menino que assovia longe o seu nome, só compreendido por Candê. – Sou Camoanga! – Já rei, como no broto de espiga de milho já se contempla o curau que virá, Camoanga usava manto vermelho e branco e as meias costuradas por Prabin. Nas suas solas haviam mapas.

Em mais um assovio, Camoanga autorizou Candê a acordar e enquanto o menino se espreguiçava e bocejava, Camoanga lhe perguntou:

– Já escutou os sambas de Roberto Ribeiro, menino? O disco "De Palmares ao tamborim"?

– Já. Meu Tio Prabin adora.

– E "Negro de luz", do Ilê Aiyê?

"Vamos exaltar a heroína Zeferina
Akotirene experiência e saber
Aqualtune, guerreira princesa negra
...
Rei Zumbi D'Angola Djanga
Hei, Rei Zumbi
Madeira!"

– Não, essa não.
– E "Negro Zumbi", da Leci Brandão? Já ouviu, Candê?

"Zumbi, o teu grito ecoou
No Quilombo dos Palmares
Como um pássaro que voou
Tão liberto pelos ares
Um grito de dor e de fé
Ficou registrado na nossa história
Pela luta, pelo Axé, pela garra, pela glória"

– Não, Camoanga. Mas você já ouviu aquele rap "Eu vou pra Palmares", do Dugueto Shabbazz?

– Ainda não, Candê.

– E aquela música "A Raiz", do Záfrica Brasil? Já ouviu, Camoanga?

"Zumbiê, zulu, Zâmbia. Saurê, Zaire, saravá mama.
...
Sou preto velho do morro, Quelé caboclo do samba.
Rei de Palmares, Z, Zumbi Saurê preto bamba"

Assim, os dois meninos vitaminaram a manhã com a música e com as memórias do futuro numa quizomba de responsa, íntima. Entre uma cantoria e outra, Candê perguntou a Camoanga se ele conhecia seu pai de sangue. E pediu sugestão de como a partir de agora chamaria Prabin.

ALLAN DA ROSA é escritor e angoleiro. Integra desde o princípio o movimento de Literatura Periférica de SP e foi editor do clássico selo "Edições Toró". Historiador, mestre e doutorando na Faculdade de Educação da USP, ali, na ocupação do Núcleo de Consciência Negra, fez cursinho e foi professor e alfabetizador. Pesquisa e atua em ancestralidade, imaginário e cotidiano negro. Há anos organiza cursos autônomos de estética e política afrobrasileira em várias quebradas paulistanas. Já palestrou, recitou, oficinou e debateu em rodas, feiras, universidades, bibliotecas e centros comunitários de muitos estados do Brasil e por Cuba, Moçambique, EUA, Colômbia, Bolívia e Argentina, entre outras paragens. É autor de *Reza de Mãe* (Editora Nós), *Da Cabula* (Prêmio Nacional de Dramaturgia Negra, 2014), *Zagaia* (juvenil), dos livros-CD *A Calimba e a Flauta* (Poesia Erótica, com Priscila Preta) e Mukondo Lírico (Prêmio Funarte de Arte Negra, em 2014), além do ensaio "Pedagoginga, Autonomia e Mocambagem" e outras obras.

EDSON IKÊ passou por editoras, estúdios, agências, e hoje está a frente de seu estúdio Ensaio Gráfico. Atualmente, faz ilustrações para livros didáticos (impresso e digitais), jornais, revistas, cartazes, em que a xilogravura é a base estética de suas produções. Ilustrou os livros *No balanço da Maré e Sofi a pipa bailarina*. Em 2016, a galeria de arte *Smith & Lens* (EUA/Mississipi) expôs suas gravuras. Foi indicado aos prêmios Esso e Abril Jornalismo pela matéria "África e Brasil: unidos pela história e cultura", que ele ilustrou na revista Nova Escola da Abril.

AGRADECIMENTOS

Agradeço a quem se amocamba e angoleia há séculos e séculos. Mantendo a brasa acesa, dançando em vendavais e umedecendo a terra seca.

A Edson Ikê: talento oceânico da serra.
Paciência e proceder.
Abençoado é o sopro que entra e sai de tua cabeça.

E à Malta: Adriana Moreira, Mariana Per, Melvin Santhana e Renato Gama.
Por colocar asas e luas na quentura do ninho.

© Editora NÓS, 2017

Direção editorial SIMONE PAULINO
Editora assistente SHEYLA SMANIOTO
Projeto gráfico BLOCO GRÁFICO
Assistente de design STEPHANIE Y. SHU
Produção gráfica ALEXANDRE FONSECA

3ª reimpressão, 2022

Dados Internacionais de Catalogação na Publicação (CIP) de acordo com ISBD

R788z
Rosa, Allan da
  Zumbi, assombra quem?
  Textos: Allan da Rosa
  Ilustrações: Edson Ikê
  São Paulo: Editora Nós, 2017
  96 pp., 22 ils.; 16,6 cm × 26,5 cm
ISBN 978-85-69020-21-9

1. Literatura brasileira 2. Literatura infantojuvenil
I. Ikê, Edson. II. Título.

2018-868 / CDD 028.5 / CDU 82-93

Elaborado por Vagner Rodolfo da Silva - CRB-8/9410

Índices para catálogo sistemático:
1. Literatura infantil, Literatura infantojuvenil 028.5
2. Literatura infantil, Literatura infantojuvenil 82-93

MISTO
Papel produzido a partir de fontes responsáveis
FSC® C011188

Todos os direitos desta edição
reservados à Editora NÓS
www.editoranos.com.br

Fontes NEW GROTESK SQUARE, SILV
Papel POLÉN BOLD 90 g/m²
Impressão SANTA MARTA